商务印书馆（成都）有限责任公司出品

刘小川 著

刘小川读苏轼

商务印书馆
The Commercial Press

图书在版编目(CIP)数据

刘小川读苏轼/刘小川著.—北京:商务印书馆,2023
ISBN 978－7－100－15824－4

Ⅰ.①刘… Ⅱ.①刘… Ⅲ.①苏轼(1036－1101)—宋词—诗歌欣赏 Ⅳ.①I207.23

中国版本图书馆 CIP 数据核字(2018)第 024584 号

权利保留,侵权必究。

刘小川读苏轼

刘小川　著

商 务 印 书 馆 出 版
(北京王府井大街36号　邮政编码100710)
商 务 印 书 馆 发 行
玖龙(天津)印刷有限公司印刷
ISBN 978－7－100－15824－4

2023年1月第1版　　开本 880×1230　1/32
2023年1月第1次印刷　　印张 6⅝
定价:38.00元

序　我的邻居苏东坡

眉山地处成都平原的南端。苏洵说："古人居之富者众。"

仅两宋三百余年，眉山县就出了九百零九个进士，高居全国州县之首。苏东坡考进士时乃是事实上的状元，制科殿试又拿了第一，所以我称他是宋代唯一的"双料状元"。

这个状元后来干了很多大事，成了家喻户晓的人物。

小时候我不知道苏东坡厉害，他家和我家相隔一百多米。他的家八十几亩，我的家二十几平方米。他一天到晚坐在大殿里，看上去委实有些阴森森，大殿外还有一口苏家的井。那井里的水我喝了不少，甜丝丝、凉津津的。井边有一棵光秃秃的千年黄荆树，据说苏洵用黄荆条打得小苏东坡双脚跳。我是眉山下西街出了名的调皮捣蛋的费头子（孩子王），苏东坡也属于下西街，论板眼儿（戏耍花样）肯定不如我。他挨打的次数也不如我，差远了。当时我在城关一小上学，崇拜豹子头林冲，认为区区苏东坡不值一提。林冲雪夜上梁山，苏东坡连峨眉山都没爬过。武松醉打蒋门神，苏东坡在乌台监狱里挨几下就痛得遭不住。他酒量差，当然我的酒量也不行。他下棋不行，我下棋还可以。他游泳一般，我九岁那年就横渡了岷江。他在南轩书房看书，摇头晃脑念子曰诗云，我家没书房，就在后院的柚子树的树杈上躺着看书，看了四大名著，看了《铁道游击队》，看了普希金、托尔斯泰、别林斯基、莎士比亚……

　　从小学到高中，我跟那个名叫苏东坡的人

较劲。

小时候,每当爸爸找不到我的时候,妈妈就会说:到三苏公园去看看。三苏公园我去过不止三千回。

一年四季,我与同学们伙起,勾肩搭背、东游西荡,淋坝坝雨、阵雨、偏东雨,享受大风中的那种近乎窒息的感觉;爬高高树、跳高高墙,呆望永远神秘的高高的夜空。

我在说什么呢?说灵动,身心的灵动。

苏东坡小时候是个"三好"学生——好吃,好玩,好学。他的母亲程夫人,他的乳娘任采莲,平日里做菜变着花样,苏东坡就成了好吃嘴,后来自创了东坡肉、东坡饼、东坡鱼、东坡羹、东坡泡菜……他又把眉山的美食带到江浙一带。我吃过上海、杭州的东坡肘子,觉得还是眉山的好。

四川人都好吃,川菜很精细,单是肉丝肉片就有几十种。苏东坡出息了,出川做了大官,牛羊鱼吃得多,猪肉吃得少。四十多岁贬到黄州后,他开始研究猪肉，写下打油诗《猪肉颂》。他对水果也有研究，在汴京南园栽石榴树，在江苏宜兴栽橘树，在广东惠州尝试栽荔枝、桂圆。他写诗给堂弟说："我时与子皆儿童，狂走从人觅梨栗。"我抓住这两句，发现少年苏东坡的狂走。

当年我在三苏公园里游荡，惦记着人道是苏东坡栽下的荔枝树，丹荔挂满了枝头，一颗颗的馋人。嗖嗖嗖上树去，拨开交叉的绿叶，摘了丹荔，剥了皮，一个劲儿往嘴里塞。眉山人叫作吃得包嘴儿。要赶紧的，要眼观六路耳听八方，防着公园的干部或园丁。那一年的夏天，我在树干上，吃了很久很久，剥了很多很多：大约三十三颗饱满欲滴的红荔枝。左右枝头吃光了，我再往上爬，寻思摘它一书包，夜里占营时分给下西街的小伙伴们。忽然间，头皮顶了一团软软的东西，我心里叫声不好，这是撞上了吓人的野蜂窝。一群细腰蜂在头顶上散开，摆出攻击的扇形，这扇形我见过的。野孩子到处野，天上都是脚板印。

刹那间我纵身跃下五米高的荔枝树,细腰蜂闻风而动,嗡嗡嗡倒栽下来,有几只直扑我的寸头。大约五六只细腰蜂同时攻击我,头皮痛麻木了,旋即肿了半厘米,像戴了一顶皮帽子。我落下地发足狂奔,奔向三百米外的无限温暖的家……妈妈用邻居送来的乳汁揉我的头皮,揉了好久。

街灯初亮时,我又满大街疯去了,第二天晚上疯完了,照例往井台边一站,倒提满满的一桶井水,哗啦啦冲凉。

苏东坡诗云:"我家江水初发源,宦游直送江入海。"

苏东坡词云:"一蓑烟雨任平生。"

苏东坡小时候顽皮不如我,这个毋庸置疑。他家原是五亩园,后来被人弄到近百亩。我念书的城关一小与三苏公园只隔了一堵青砖墙,翻来翻去很方便。记不清翻墙跳园子多少次,爬树摘鲜果多少次,弹弓射鸟、竹竿钓鱼,更不在话下。

苏东坡显然是我的好邻居,我去他家千百

次。当初我有点瞧不起他，现在我尊敬他，我工作的单位研究他。

我在《品中国文人》（上海文艺出版社，2008年）中写了那么多文人，平均每个文人三万字，唯独苏东坡占了五万字。当时我对出版社说：苏东坡是我邻居，能不能多写几页？出版社答复：苏东坡是十一世纪集大成的天才，又是你的乡贤，你还吃过他家的三十多颗荔枝，多写苏东坡完全可以！

刘小川

2021年冬改于眉山之忘言斋

目录

东坡小传 / 001

东坡的诗 / 151

　赠刘景文 / 152

　饮湖上初晴后雨（其二） / 153

　惠崇春江晚景（其一） / 154

　题西林壁 / 155

　六月二十七日望湖楼醉书五绝（选二首） / 156

　　其一 / 156

　　其二 / 156

　壬寅重九，不预会，独游普门寺僧阁，有怀子由 / 157

　都厅题壁 / 158

於潜僧绿筠轩 / 159

予以事系御史台狱，狱吏稍见侵，自度不能堪，死狱中，不得一别子由，故和二诗授狱卒梁成，以遗子由（其一） / 160

洗儿戏作 / 161

去岁九月二十七日，在黄州，生子遁，小名干儿，颀然颖异。至今年七月二十八日，病亡于金陵，作二诗哭之 / 162

    其一 / 162

    其二 / 163

泛颍 / 164

食荔枝（其二） / 166

东坡的词 / 167

    浣溪沙 / 168

    江城子·乙卯正月二十日夜记梦 / 169

    江城子·密州出猎 / 170

    望江南·超然台作 / 172

水调歌头 / 173

念奴娇·赤壁怀古 / 175

定风波 / 177

浣溪沙 / 179

蝶恋花 / 182

临江仙·夜归临皋 / 183

西江月 / 184

菩萨蛮 / 186

定风波 / 187

东坡的文 / 189

记承天寺夜游 / 190

赤壁赋 / 192

后赤壁赋 / 196

东坡小传

一

在中国古代,苏东坡这样的个体生命,可能绝无仅有。

窃以为,没人比他更丰富。他似乎穷尽了生命的可能性,穷尽了中国文化的可能性。他抵达了生存的广度与深度的极限。

他生活在古代,却比现代人更现代。他生命中的核心要素,提纯了人类文化的"遗传基因"。

四川眉山是苏东坡的家乡,位于川西平原,在成都、峨眉山与乐山大佛之间。我家距苏轼老宅仅百米之遥,从小就在他的英灵弥漫处跑来跑去。园林优雅的三苏祠,供着苏家三父子的塑像。1963年,朱德、陈毅到眉山,激动不已的总司令挥笔写诗:"一家三父子,都是大文豪。诗赋传千古,峨眉共比高。"而陈毅元帅也曾说:"吾爱长短句,最喜是苏辛!"辛,指南宋的辛弃疾。

北宋蜀地有民谣:"眉山生三苏,草木尽皆枯。"

三苏占尽人杰用尽地灵，眉山百年内草木不旺。这事儿见于宋人笔记，不知是真是假。

苏轼的父亲苏洵，弟弟苏辙，俱属"唐宋散文八大家"。

苏轼家境不错，早年生活幸福。母亲程氏有佳名，系大家闺秀，知书识礼，她对苏轼的教导，史书多有提及。乳娘任采莲，几十年慈眉善目，以七十二岁高龄谢世，苏轼为她撰写墓志。大文豪的巨笔，一生写过的墓志寥寥无几，王公贵族都请不动。母亲与乳娘，双双呵护苏轼的成长。苏轼成年后，先后又有三个女人出现在他的生活中，她们都姓王：王弗、王闰之、王朝云。宋朝女人，我们终于能知道全名了，不像李白、杜甫、白居易的夫人，只留下她们的姓氏。

王弗、王朝云，惊人地美丽，无论是她们的外貌，还是她们的内心。

母亲、乳娘、妻妾，环绕着苏东坡。但有趣的是，坡翁一生却以豪放著称。女性的慈爱与温柔，给了他一颗异于常人的仁慈之心。他悲天悯人有如杜甫，却比杜甫更快乐。他有很好的遗传：性格像父亲，而父亲又像祖父。苏轼的祖父苏序，是眉山街上出了名的怪老头，酒量奇大，着装古怪，学神仙张果老倒骑毛驴，口中念念有词，写过几千首永不流传的诗。他最大的爱好是打抱不平，官府不讲理，他会冲到府衙去，有理有据地批评州官县官，好像他是上级领导。丰年他积谷屯粮，街坊以为他瞅着灾年要大捞一把。他永远高深莫测，叫别人捉摸不透。两年后闹饥荒，他在自家门前贴告示，围观的群众多达数百人。告示写得歪歪扭扭，而内容却令人兴奋不已：囤积的粮食全部拿出来救济灾民。

这些都是真事，史料有明确记载。

三十余年后，苏轼在杭州办"永安坊"，是中国第一家公立私助的慈善医院，看病不收钱。祖孙二人行事，仿佛商量过。其时苏序已死去多年。

在我小时候，眉山这小城，各种各样的古怪人物层出不穷。随便挑一个，都足以写成一本精彩的厚书。倒是最近这几十年，人的行为模式突然趋于单一，欲望、意志、趣味，看似各自流溢，实则积为一潭，仿佛出自工业生产的流水线。个性被设定，被掌控，个体的局部反抗几乎毫无意义。个性，不可避免地走向个性的反面。究竟是谁在设定人的喜怒哀乐呢？谁在制造那个标准化的"现实通道"？我重读享誉全球的哲学家马尔库塞的代表作《单向度的人》，这本书主要研究美国，副题是"发达工业社会意识形态研究"。结论已如书名。他令人信服地指出，所谓美国式的自由，其实受制于新型的极权。那是一个试图以金钱的逻辑掌控一切的国家，对外的丛林法则、弱肉强食、唯恐天下不乱，有其内在动因。

中国置身于全球化进程的时间短，尚有回旋余地，以避免西方人的严重异化。中国几千年文明史，文化的伟力会自然生发。眼下的回归传统、以人为本，见证了古老的文明重获新生的伟大力量。

而作家有义务贡献一份力，把活生生的传统带到当下，把一批又一批精彩人物写在纸上。

作为苏轼的同乡，我有义务把他生命中最本质的东西揭示给当代的读者。

宋史说："蜀人不好出仕。"

走出去当官叫出仕。北宋读书人必须从家乡走到汴京参加科举考试。考中的举人、进士，由朝廷分派到全国各地。即使小小的九品官，也是由中央政府直接任命。唐朝盛行科举，普通庶族子弟，经过寒窗奋斗而荣登士族，从此改变家族的身份。唐末国家陷入战乱，武人称雄，斯文扫地。而天府之国远离战火，百姓过着相对富足的日子，懒得翻过崇山峻岭去求仕。

"苏氏自唐始家于眉，阅五季皆不出仕。"

北宋一统天下，版图远不及盛唐，而人口过之。宋太祖赵匡胤调整国家战略，抑武人，重文士。这一调就是百余年,既有丰功伟绩,又有种种弊端。北宋文气大盛,文坛巨人、学术泰斗纷纷进入权力的核心层,创下历史之最。

科举之风劲吹。两宋三百年,单是眉山这个小地方,就有进士八百八十余名。

苏洵却不喜欢科举,他喜欢趁年轻到处走,"游荡不学"。家里有祖田,有经营绢帛的小产业,为他提供游荡的盘缠。游到手头拮据时,婚姻又带给他新的支撑。婚后他继续远游,妻子程氏"耿耿不乐"。二十七岁时他忽然发愤读书,埋头苦学了六年不抬头,也不写一个字——他写的文章曾被人看不起,于是发誓,不读透经史绝不提笔为文。

此时苏轼两三岁,家里忽然有了许多书。宋代的眉山,是全国三大刻版印刷中心之一。十户人家,九户有藏书。著名的孙氏书楼,藏书达数万卷。而苏洵的远游,何尝不是很好的学习。古代信息闭塞,有志之士八方游走,几乎是一种文化本能。春秋战国五百年，策士、侠客、思想家，幽灵般地穿梭着，埋下中国人游历的基因。

苏洵游到成都，结识了益州太守张方平；游到京师，进入翰林学士欧阳修的超级沙龙。这个沙龙里有梅尧臣、曾巩、张先、司马光、王安石等，都是北宋政坛文坛响当当的人物。苏洵一介布衣，能有如此交游，至少说明两点：其一，他本人有才华，有闯劲；其二，北宋大人物大都平易近人，不拿臭架子。

苏洵倒有点拿架子，在人格上藐视王安石。

封建社会虽然等级森严，但是盛唐与北宋有令人惊讶的宽松局面。大臣指责皇帝的事情经常发生。皇帝的重大决定，大臣若是不同意，那就很难执行，他宁愿拍屁股走人。皇帝还不能因此降罪于他，有时候还讨好他，担心他辞官不管事。唐朝以诗取士，北宋文人主政。人文修养于政治，看来是举足轻重的。

苏洵的发愤和远游，为苏轼提供了两种财

富：书籍的氛围，世界的广阔。一般小孩儿憧憬未来，持续三年或五年，这憧憬通常影响他的意志走向，预设他的未来。在憧憬的过程中，会发生很多事儿，主观客观难以分辨。

写历史人物，能进入憧憬这一人生之关键环节的内部吗？随处可见的，是对人物的模式化处理。我平常读国内传记，疑虑重重，又最怕读传主的青少年期：无限的个体差异几乎消失不见。回头再看儿童题材的影视剧，更是倒抽一口冷气。问题严重。

但愿笔者有机会，深入少年苏轼的内心憧憬，并以此展开他雄视古今的广阔人生。

性格遗传、母性呵护、书卷气和野性环境，同时作用于早年的苏轼。蜀地生活悠闲，吃的用的玩的应有尽有。生活的丰富又导致语言的丰富。我一直在揣摩，苏东坡之所以成为语言大师，眉山的语言环境，究竟对他有多大的帮助？

眉山人的语言机智、生动、幽默，充满了随

意性。

比如形容生气：早就忍得你水滴！

比如形容冒火：我这火呀，一朵一朵地冲。

再比如形容小孩儿四处疯玩：天上都是脚板印；天天玩到黑摸门；夜不收，耍安逸……

小时候母亲的许多口语，我这调皮捣蛋常挨骂的儿子，至今记忆犹新。

苏东坡不可能是那种一天到晚枯坐书斋的男孩，他会八方撒野，天上都是脚板印。眉山老城，穿城三里三，环城九里九。城里除了街道，也有田地、河流。东门外有繁忙的水码头，有宽阔的岷江，有踏青的好去处蟆颐山。而站在西边的城墙上，抬眼便是海拔三千多米的峨眉山……北宋的眉山城因是州府所在地，城中几千户，小孩子永远是结队成群，今天拿钓竿明天揣弹弓，春夏秋冬都有得玩，而玩的花样超过百种。到处都有清凉的水、可供攀缘往水中扎猛子的黄桷树。男孩谁不是浪里白条？过节了，过年了，男孩女孩穿新衣，走东家串西院……苏轼在眉山一直待到二十岁，出去做官后又两度回来丁忧，加起来在眉山待了有二十五六年。"生活世界"留给他的印象太深了，这位终其一生对生活抱着不可思议的巨大热情的人，为何坚决反对王安石搞急剧变法？理由有两点：风俗，道德。

他深知风俗与道德来之不易。

我们今天已经知道，生活世界的形成少则数十年，多则数百年，打碎它却可能在弹指一挥间。马克斯·韦伯有名言："人是悬挂在由他自己所编织的意义之网中的动物。"

意义的生成必定是缓慢的，意义的嬗变同样需要足够长的过程。意义之网若是被无形的手粗暴扯烂，人就会像被拔掉了触须的虫子，到处乱窜。

社会生活，形同一张覆盖每一个角落的大网。生活的诸般韵味，都取决于这张大网。大网被扯烂了，小网难保完整。

对生活的总体考察、把握，古今哲人走得很远了，如同触须强劲而敏感的虫子。有趣的是，他们不约而同所看重的，正好是普通人积聚生活韵味的地方。

目前科技发达，资讯铺天盖地，环境日益揪心，生活变化太快，压力层出不穷。人活得像陀螺，韵味很难立足。往哲学层面说：算计型思维盛行，"求意志的意志"泛滥，人对人、人对自然的掌控与掠夺，在理性面孔的背后潜伏着日趋张狂的非理性。不过我个人，对未来还是保持乐观的。总有一天，生活的整体价值会发生严重倾斜，生活出了问题，一般人都会追问：谁在破坏生活的意蕴层、威胁生活的完整性、撕碎那张圣物般的意义之网？

而苏轼既是大文豪，又是维护意义之网的生活大师。

二

宋仁宗嘉祐二年（1057），苏轼应省试，一考就拿了事实上的状元：主考官欧阳修，因猜测封闭试卷出自他的弟子曾巩之手，为避嫌，把苏轼降为第二。后来兄弟二人又参加了殿试，均金榜题名，京师轰动。苏洵怕是酣梦中都要笑醒。

苏轼很能考，目标明确同白居易。他被称为中国文化的集大成者，其中也包括非凡的科考本领。士大夫的生活道路，济苍生的政治理想，考不上一切免谈。年轻的苏轼头脑清醒，认准了目标就心无旁骛，这大约是优秀人物的共同特征。苏轼考试时的文章题目叫《刑赏忠厚之至论》，第一次阐述了他的仁政理想，令人敬佩的是，他终身朝着这个方向奋斗。换句话说，他的政治理念，二十岁时就趋于成熟了。另外，他惊人地大胆，试卷中竟杜撰圣君尧帝的典故，闹得考官梅尧臣查史料一头雾水。问他时，他竟然说：想当然耳！

按考试规则，杜撰典故万万不可，何况是杜撰圣人的典故。胆大源于自信。这可不是一般的自信，信手一笔，可能自毁前程。来自全国各地的黑压压的考生们谁敢？

没办法，这就是天才。

三父子在汴京得意了，老家眉山却传来噩耗：程夫人因病去世。也许她至死都不知道两个儿子双双高中。苏轼苏辙匆匆办理了在籍进士的手续，回老家丁母忧。

苏轼丁忧三年。丁忧古制蛮有意思，不管你官居何职，必须丁忧。丁忧既是尽孝，又是对官场身份、社会角色的中断和超越，使人返回他的赤子本源，从源头上重新打量他的生存。说到底，人间万事，除了铭记、追思父母的恩典，没有什么事是不可以暂停的。

苏轼进京前已有妻室，不然的话，婚期要推迟到三年以后。

苏轼夫人王弗，青神县人，那地方山清水秀，小城古朴。今日高速路，到眉山城仅三十分钟，路牌上几个大字格外醒目：苏东坡初恋之地。王弗是小城孕育的佳丽，秀外慧中。她的长相，史料只略有提及，称她面目姣好。其实即使她相貌一般，她也是古代最美丽的女性之一。苏轼的悼亡词《江城子·乙卯正月二十日夜记梦》是献给她的。从古至今，悼亡之作亿万，苏轼此词公推第一。它能表达所有人怀念亡妻的感情。

关于王弗，稍后再讲。

丁忧结束后，苏轼再赴汴京。这次是举家迁徙，几十口人在东门外的王家渡上船，直下嘉州渝州，出夔门向荆门，抵京师，沿途阅县三十六。苏氏兄弟到吏部办理了注官手续，均被任命为县主簿，类似现在的办公室主任，均辞不受。宋代官吏，小到县吏大到宰辅，拒绝任命是常事。

苏轼参加由宋仁宗亲自主持的"制科"殿试，又考了第一。这第一叫作"制科三等"，宋代开国一百年，考上三等的，苏轼之前仅一人。一二等皆虚设。苏轼在皇帝的御座前，写下五千字的文章，又直接面试，对答如流。老皇帝显然被这个英气逼人的年轻人给吸引住了，看文章，观书法，听他滔滔不绝，虽然他批评朝政的尖锐言辞实在不好听。比如他指责后宫花销太大，而仁宗勤政不足。言下之意，此时的宋仁宗有点像晚年的唐玄宗。

苏轼初见皇帝，非但不怯场，反而壮怀激烈。这说明三点：其一，苏轼的天生气魄；其二，苏轼的忠心耿耿；其三，当时开明的政治风气。

仁宗当天回后宫，对曹皇后感慨地说：朕为子孙后代得了两位清平宰相啊。

另一位指苏辙。苏辙制科试入四等。考试前有个小插曲：考生们报名很踊跃，主考官开玩笑说，苏氏兄弟在此，你们觉得自己有希望吗？于是考生散去大半。十年一度的制科试，录取名额不超过五个。考生们熬更守夜做准备，却被苏氏兄弟吓退了。

考期临近，苏辙偏又生病了。宰相韩琦下令延期。这两兄弟的风光可想而知了。他们的文章风格成了考生的典范，京城有民谣说：苏文熟，吃羊肉；苏文生，吃菜羹！

欧阳修甚至对自己的儿子欧阳棐说："汝记吾言，三十年后，世上人更不道着我也。"

这位北宋文坛领袖的话，在当时文坛的语境下听上去像奇谈怪论，像藏着什么阴谋。

值得注意的是，王安石不喜欢苏轼的带有策士气息的文风。他公开对人讲："若安石为考官，必黜之。"王安石时任翰林学士知制诰，负责起草诏令。朝廷对苏辙的任命书他不肯写，事情便耽搁下来，无限延期。北宋的这种现象也是颇为奇特。著名历史学家余英时先生有巨著《朱熹的历史世界》，读者若有深入了解的兴趣，不妨参考。

苏轼以京官大理评事的身份出任凤翔签判，任期三年，有签署公文和断案的权力。凤翔在陕西，距京师一千二百里。嘉祐六年（1061）的冬天他走马上任，老父与弟弟留在汴京。

苏轼初做官，却跟领导闹起了别扭。他到凤翔半年，碰上新太守陈希亮，陈原是眉山青神县人，王弗的同乡。此人与苏洵也属旧交，按常理，该照顾苏轼才是，可他对苏轼却严格得不近情理。他个子小，眼睛有点斜视，训斥部属嗓门大，动不动就暴跳如雷，部下都怕他。苏轼在自己的职权范围内做了几件事，受到小民称颂；衙门里他人缘好，同事们亲切地称他"苏贤良"。陈希亮却发布命令：谁也不许叫苏轼为苏贤良。苏轼为此很不高兴：皇帝都对他客气呢，这怪老头却压制他，横挑鼻子竖挑眼，生怕他的才干盖过太守的政绩。有小吏偷偷叫苏轼苏贤良，陈希亮眼力不济耳朵倒灵，抓过小吏用鞭子猛抽。苏轼宅心仁厚，听小吏声声惨叫，忍无可忍了，要夺太守的鞭子，被人拉开。

陈太守对苏轼说：你敢对上司不敬，我就抽你！

苏轼郁闷了好久，想念弟弟苏子由了，写诗说：

忆弟泪如云不散，望乡心与雁南飞。

中秋节他不去知府厅参加例行宴席，被罚铜八斤。古代钱币分金银铜，八斤铜不是小数。苏轼知道这处罚的规矩，可他就是不去。罚金由王弗叫人送到太守处。她回家，软语劝苏轼。据她观察，老太守也是一位好人，凤翔十个县，治理得井井有条。王弗猜测，老太守也许是故意对他严厉呢。

苏轼听不进去，在凤翔有两年，始终和陈希亮拧着。

王弗这样的好妻子，深知应该用什么方式劝丈夫，她以温柔的慧眼看人看事，尽量弥补丈夫的性格缺陷。事后证明，她对老太守的猜测是正确的。陈希亮为官几十年，对训练年轻人才有一套行之有效的方法。他的确性子倔，两年中从未向苏轼做过任何解释。后来，他因收受其他地方送来的好酒而下狱，一世清名毁于几个酒坛子，气死在狱中。而苏轼已经有了不少官场体验，慢慢回忆老太守，明白了王弗的那些话，怅然写道："轼官于凤翔，实从公二年。方是时年少气盛，愚不更事，屡与公争议，至形于言色……"

苏轼对王弗的怀念，也是这种情形：王弗走了整整十年，他才细细咀嚼妻子在生活中的点点滴滴，写下《江城子·乙卯正月二十日夜记梦》这样感人肺腑的作品。

人生多少事，事后方知原委，却要么时过境迁，要么物是人非。"此情可待成追忆，只是当时已惘然。"王弗二十七岁就走了，不知她生了什么病。时在苏轼从凤翔返回汴京的当年，英宗治平二年（1065）的五月二十八日。

王弗嫁给苏轼，刚好十年，从活泼的少女到贤惠的妻子，这么好的一个人，却忽然就没了。

生有限，死无常，苏轼悲痛而又惶恐，对命运之神的安排一片茫然。

王弗去世不久，苏洵病殁于京城，享年五十八岁。

短短几年间，苏轼的父母妻子相继西去，最疼他也最理解他的人从他身边消失了。死亡，与我们的伟人的照面方式竟然是这样！他才三十岁。经历亲人的死亡也是上苍对苏轼的一种磨炼吗？

苏氏兄弟回眉山丁父忧，船上放着两副棺木。宋英宗赠银一百两，宰相韩琦、副相欧阳修各赠三百两，其他官员所赠不一。加起来，没有一千两，也有八百两。苏轼皆辞不受，只愿皇上给父亲追授官爵，以了老人未竟的心愿。英宗准奏，诰封苏洵为光禄寺丞，官六品。

苏轼葬父亲和妻子于眉山城之东，即今天的土地乡苏坟山。苏洵、程氏、王弗均葬于此，青山绕陵墓，万松伴英灵。苏轼丁忧三年，手栽松苗三万棵。兄弟二人带着年幼的孩子常常待在那儿，躬身栽树培土，仰看蓝天白云。

我多次拜谒苏坟山，那地方太美了。隐约有气场弥漫于周遭，我起初以为只是个人感受，问别人，竟有同感！

王弗墓前的清风如泣如诉，仿佛述说着她的幽怨：她与苏轼，欢娱太少了。欢乐的时光总是过得太快，十年一晃而过。苏轼说过的，要和她生同衾死同穴，可他的陵墓却远在河南郏县。

王弗频繁走到苏轼的睡梦中，似乎要补上夫妻恩爱的好时光。苏轼细腻回应她，爱不够怜不够。又是一个十年，阴阳时向梦里缠绕，然而梦要醒，梦境会突然中断。诗人深陷在无可奈何的情绪中。

熙宁八年（1075），任密州太守的苏轼写下《江城子·乙卯正月二十日夜记梦》：

> 十年生死两茫茫，不思量，自难忘，千里孤坟，无处话凄凉。纵使相逢应不识，尘

满面,鬓如霜。

夜来幽梦忽还乡,小轩窗,正梳妆。相顾无言,惟有泪千行。料得年年断肠处,明月夜,短松冈。

阴阳隔天地,相爱至深的男女永无消息。这是人类永恒的绝望之一。想念亡人越深切,越能触摸到这种绝望。

苏轼对王弗的怀念,是不知不觉的,倏然而至的——这更接近怀念的本质。他事先并无一个计划,要在亡妻十年忌日为她写点什么。伟大的艺术品,好像都跟意志没关系。感觉慢慢积聚,自发地寻找它们的喷发点:这个谜一般的漫长过程也许正好是艺术吸引人的奥秘所在。诗人提纯了普通人的深切感受。苏轼这首《江城子》语句平实,对应日常生活的场景,七十个字,说尽无穷思念。浓郁的哀伤托出王弗凄婉而美丽的形象。汉语的表达能力真是令人惊奇。而眼下有一种喧嚣：读图时代到来了！我不知道这是进步还是退化。我只知道，这首简短的悼亡之作，明显胜过那些类似题材的，甚至是较为成功的影视剧。影视剧通常看过就忘了，而要忘记"十年生死两茫茫"这样的文字，可能需要下点力气，除非中国人对汉语的敏感度在未来几十年内持续下降。

苏轼这首《江城子》，自它问世以来，打动过多少人，没人做过统计，肯定是天文数字。而读者为这首词掉下的眼泪，乃是人世间最为深沉的眼泪，和那些煽情煽出来的液体大相径庭。

煽情的特征是：让眼泪来去匆匆、莫名其妙，它本身拒绝深沉的感动。因为一旦深沉，它就不好卖钱了。煽情的目的是：让你哭，并让你为此掏腰包。一切以煽情为职业者，都是人类情感的小偷，他们打着文化产业化的旗号，把感动从人的内心深处生生剥离，推向易于调动、易于变花样耍花招的浅表层。

三

熙宁初年王安石变法，苏轼反对他。

王安石字介甫，朝野尊称他为荆公。这是北宋的一个奇人，大苏轼十五岁。苏轼官于凤翔时，他已经做到翰林学士兼地方长官。他基层经验丰富，一心想把基层的成功经验推广到全国去。北宋三百二十州，王安石熟悉的几个州，条件都不错，比如江宁，历来是江南富庶之地。而由于荆公本人廉洁自律，吏治也颇见成效。

王安石善于等机会，更善于制造机会。凡为政治家，这是必备的素质。宋仁宗屡次召他进京，他拒绝，有一次为躲圣旨，他竟然躲进了厕所。他的眼光很厉害，和李白有一比，虽然两个奇人的锐眼射向不同的领域。王安石对仁宗老皇帝了如指掌。范仲淹、欧阳修等人发起的著名的"庆历新政"，不到一年就收场了。这说明什么呢？说明仁宗老了，不想对国家动大手术。仁宗后的英宗，身体不好，意志力上不来，曹太后权同听政。英宗在位三年，王安石"按兵不动"。他辞官，越辞声望越大。治平四年（1067），英宗从政治舞台上神秘地消失了。神宗继位，改元熙宁。这好学的年轻人身强体壮，意志力远胜其他诸皇子，并且超过前几任皇帝，直追宋太祖。

王安石要等待的，就是这样的皇帝。

所谓历史奇人，一定是目光长远，能看到未来几十年。如果他看清了看准了，整个国家几代人都会受惠于他。反之，则麻烦大了。荆公变法的是与非，这一千年来争论不休。王安石是直接影响历史走向的人物，是政坛奇人、生活中的怪人。

苏轼同样主张变革，他曾对宋仁宗说："天下有治平之名，而无治平之实。"他形容国家像个病人，表面上能吃能喝能睡，但如果让扁鹊、华佗这样的神医来把脉，一定大惊失色：这病人几乎到了绝症晚期。苏轼说出了有良知的士大夫的普遍隐忧。

宋朝立国百年，表面上维持着繁荣，其实危机四伏。唐帝国盛极而衰，北宋士大夫对此高度敏感。然而日趋庞大的官僚阶层糜烂成习，消耗国家财政；又养着百万只能维护极权统治而不能戍边御敌的军队，区区西夏小国，连年袭扰甘陕，搞得几位大宋皇帝忧心忡忡。朝廷每年输金求和，拿出去的金帛数量惊人。

冗官，冗兵，这两项开销令国家财政捉襟见肘。官员的特权动不得，这是一个大问题。二十年前，范仲淹的"庆历新政"首先拿官吏开刀，喊出响彻历史的口号："先天下之忧而忧，后天下之乐而乐！"忧什么？忧国运不能长久。可是大批官员忧他的官帽，忧他的待遇，谁要是动了他的帽子和钱袋，他是要拼命的。

范仲淹失败了。时隔一代人，变革的声音又大起来。这一次，血气方刚的宋神宗碰上一代奇人王安石，两股大力相加，新法得以骤行天下。两三年间，七八个新法相继出台，一经出台立马实施：免役法、市易法、均输法、青苗法、保甲法、教育法、农田水利法……涉及面之广，力度之大，几乎空前绝后。

本来力倡变革的苏轼，却站到了王安石的对立面，这是为什么呢？

苏轼从凤翔回到汴京，升大理寺丞。父丧，回眉山守制丁忧三年，还京，任职于史馆。英宗、神宗都曾想重用他，宰相韩琦几次加以阻止，理由是年轻干才需要历练。为此朝廷有议论，认为韩琦行事过于死板。苏轼倒显得十分豁达，对安慰他的恩师欧阳修说："韩公待轼之意，乃古所谓君子爱人以德者。"

凤翔太守陈希亮砥砺苏轼，看来有成效。苏轼虽天性豪放，但不经磨炼，不受挫折，想要修炼成博大襟怀也难。到后面我们会发现，苏轼对别人的包容、宽厚，几乎到了无以复加的程度。

不过，在原则问题上，苏轼毫不退让。

王安石推行新法有如急风骤雨，一个新法还

未见成效，另一个又来了。他不怕走极端。也许汲取了当年范仲淹推新政不够狠，导致守旧势力反扑的教训，王安石的战略是先走极端，然后再来纠正。他的总体思路是强化中央财政，与商贾争利，抑制地主豪强。比如在各大城市设"市易务"，用官方资本做买卖，权力与资本，两强并举，令一般商人完全失去竞争的能力，破产的破产，关门的关门，大街小巷怨声载道。

再如青苗法，每年青黄不接的时候，官府贷款给农民，半年取二分利。而以往则是贫户向地主借高利贷，利息有的半年高达五六分。王安石的青苗法，其初衷不无高明处：朝廷从地主手中拿走了利益，又使贫困农户免受高利贷的剥削。但新法在全国推行后，问题出来了：地方官吏为凸显政绩，强行向农民摊派贷款，这叫"抑配"，虽朝廷明令禁止，下面却悄悄干，不分贫富，不管农民情不情愿，一律放贷。为防止贷款流失，又想出了一个绝招，使贫富相保，结为利害共同体，贫户有还不起贷款逃走的，就拿富户问罪。青苗法实施一年，乡间小道上常有官府的两支队伍，放贷队和抓人队，闹得鸡犬不宁。

不少地方政府收取三分利息，既向上邀功，又向下刮地皮。不仅乡下大搞特搞，城里也开始摊派青苗贷款了。还有一个严重问题：农民手里有了钱，立即拿到城里花销，吃喝玩乐像个城里人。贷款花光了，他们拔腿就逃。

这些都是青苗法的制定者始料未及的。其余各法也都有不同类型的弊端。

正如黄廉评价新法所说："法非不良也，而吏非其人。"王安石凭借他几个州的基层经验，把新法推向三百州。可能他觉得，全国官吏的素质都像他和他的部下一样高。

苏轼也有自己的基层经验，凤翔十个县，他曾跑遍每一个县衙，每一处村落。在老家眉山，他对维系生活世界的风俗与道德，做了大量细致的考察，进而得出结论："国家之所以存亡者，在道德之深浅，不在乎强与弱；历数之所以长短者，在风俗之厚薄，不在乎富与贫。"老百姓失去方向，惶惶不可终日，国家又怎么能够长期富强？

苏轼以民为本，王安石以国为本，两人的观念矛盾了。

苏轼官小，王安石官大，但小官处处反对大官，弄得大官非常头疼。俗话说人微言轻，苏轼却是典型的官小声音大。这里有三个原因：其一，他与欧阳修、范镇、富弼等朝廷重臣往来密切；其二，他语言功夫超一流，极富感染力；其三，他能直接给皇帝上书，前后两次上书，《上皇帝书》和《再上皇帝书》，言辞异常激烈，充满了火药味儿。

细读苏轼这类文章，令人感慨。

有一天皇帝突然在便殿召见苏轼，问以国策。他一点不客气，当面批评神宗："求治太急，听言太广，进人太锐。"神宗听了很不舒服，却好歹忍住了,温和地说:"卿三言,朕当熟思之。凡在阁馆,皆当为朕深思治乱,无有所隐。"

这次皇帝的单独召对,使苏轼兴奋不已,逢人便讲。王安石听到了,心下不悦。

神宗是个奇怪的年轻人,一面独裁,一面又想倾听大臣们的意见。毕竟变法事关重大,他和唐宪宗一样想要做中兴之主,重启国运。他有重用苏轼的念头,征求王安石的意见,王安石明确表态:不可。神宗只好作罢。独裁皇帝,却不得不对"拗相公"言听计从。

王安石对苏氏兄弟都抱有戒心。他所执掌的变法领导机构"制置三司条例司",曾用苏辙为检详文字,负责起草一系列新法。苏辙却屡与他意见相左。终于没法合作,苏辙主动辞职。

苏轼、苏辙的政治主张高度一致。兄弟始终共命运,价值观相同可能是首要因素。早年在眉山,他们共读圣贤书,讨论国家大事。父亲苏洵也加入进来。叫作"南轩"的书房常常响起三苏父子激烈争论的声音。

苏洵讨厌王安石，视王安石为装模作样、胸藏大奸之人。他写过《辨奸论》，京师流传甚广。现在王安石排斥苏氏兄弟，这里边是否含有报复？依我看，可能性不大。有证据表明，王安石对苏轼的理解与欣赏，超出宋代一般人。

王安石要干大事、扭转历史的走向，必须清除绊脚石。然而绊脚石真是太多了，王安石手脚并用，又踢又搬的，如果不是绊脚石自己走掉，"拗相公"力气再大，估计也只能干瞪眼。司马光、范纯仁、富弼、范镇等重臣相继离开朝廷，神宗皇帝哭着挽留，但大臣们去意已决，纷纷乞求外放，做地方官去了。司马光在洛阳一待十五年，埋头写他的历史巨著《资治通鉴》。他和王安石一样耐心等待时机，蓄积能量，准备重新跃入活生生的历史进程。

在王安石眼里，苏轼是块古灵精怪的绊脚石，搬它费力，踢它脚疼。这石头还善于在京师的地面上四处滚动，发出各种刺耳的声音。熙宁初，有两三年的时间，苏轼在京城很活跃。神宗的一句"为朕深思治乱"给了他巨大的力量。他忠君，又指责君，冒着身家性命反对神宗的治国大略，这股大力从何而来？答案似乎只能是：来自强大的文化传承。

国家是得变，但欲速则不达。苏轼打比方说：要像白昼不知不觉变成黑夜，不能从严冬一下子进入酷暑。气温变化太快，身体承受不了。几百年形成的风俗、道德，如果在几年内就想改变它，势必会使生活世界面临前所未有的威胁。青苗、免役、市易诸法，固然在短时间内充实了国库，却令城乡百姓遭殃，弃祖业、卖田产、流离失所、家破人亡。苏轼痛心疾首，在《再上皇帝书》中大义凛然地说："今日之政，小用则小败，大用则大败！若力行不已，则乱亡随之！"

这一年苏轼三十五岁。慷慨激昂的言辞中不难看出书生意气。论治国，我不知道他和王安石谁高谁下。我所能分辨的只是：苏轼看社会看生活，看得更细更远。而荆公这个人，是出了名的对日常生活不屑一顾。他的日常趣味对他的治国理想，不会没有影响吧？

苏轼铁了心跟荆公对着干。这块绊脚石，摆到了荆公的眼皮子底下。年近半百的拗相公会奋力一踹吗？荆公若是这么干，他就枉称荆公了。

这时候，一个小人跳了出来。这个小人名叫谢景温，多年在官场苦苦钻营却进身无计。他思得一计：把自己的妹妹嫁给王安石的弟弟。他成功地做上荆公的姻亲，当上朝臣，然后发挥狗的本事咬上苏轼。他上章弹劾，说苏轼三年前送父亲的灵柩回眉山，利用官船沿途贩卖官盐、家具和瓷器。神宗看了奏章，下令调查。这桩弹劾案闹得朝野震动，韩琦、范镇、欧阳修都站出来为苏轼讲话。当初苏洵去世，英宗及大臣们的赠银数目那么大，苏轼一概不受，他犯得着沿途用官船卖私货吗？

案子终于了结，苏轼无罪。审案的过程长达数月，王安石一直不表态。也许他并不希望一棍子将苏轼打死，但必须将这个新法的绊脚石挪开。神宗领会了他的意思，苏轼请求外调，神宗批示："与知州差遣。"苏轼从到凤翔任签判以来已有十年，可以做太守了。然而圣旨下达中书，中书不同意，改命苏轼为颍州通判。中书等于宰相办公室，直接听命于王安石。变法的紧要关头，王安石不能让苏轼出任地方最高行政长官。神宗的旨意遭驳回，拗相公拗到皇帝跟前了。神宗挥朱笔再批："通判杭州。"

杭州为东南第一大州，富庶冠全国，是王安石"生财"的重点。从神宗的任命看，他对苏轼还是很有好感的。通判这个位置蛮有意味，既不是副职，又不是部属，它是宋廷特意为节制、监察太守而设置的官位。看似闲职，不管事儿，但州府大小公事，须由太守与通判连署方能生效。通判若是弄权，不合作，打小报告，太守往往被弄得很难堪。太守忌惮通判，是宋朝官场的普遍现象。通判不弄权还能叫通判吗？

熙宁四年（1071）七月，苏轼携继室王闰之（王弗的堂妹）、长子苏迈、次子苏迨，以及乳娘任采莲，离京赴任。有学者猜测，任采莲可能是苏洵的妾，苏轼视同生母。

苏轼反对王安石变法，一生的命运都搭进去了。

苏辙在陈州担任学官，苏轼到陈州盘桓七十余天，时常出入张方平的太守府。十月初，轼、辙同往颍州拜谒欧阳修，住了二十几天。张方平与欧阳修是三苏父子的大恩人，曾因政见不合而反目多年，却能联手把苏轼推上政坛和文坛。北宋士大夫，胸襟开阔者比比皆是。这种现象，值得我们深入思考。

四

苏轼刚到杭州，就接到画家文同写来的一首

诗，诗中告诫说："北客若来休问事，西湖虽好莫吟诗。"

而苏轼既要问事，又要吟诗，两者都给他种下了祸根。

国家处于因剧变而引发的动荡之中，苏轼密切关注着，北面来的京都客，他哪有不问的；西湖风光如此之美，他若不激动，不吟诗，他还是苏轼吗？文同所担心的这两点，恰好是苏轼生命力最大的两个喷发点。与之相比，仕途算什么呢？官帽算什么呢？理解这个犹如巍巍昆仑般的伟大生命，这是关键处。入仕为做事，为实现士人的理想，但要拿理想换取仕途通畅，苏轼办不到。

前面我谨慎地使用了"文化基因"这个词，不知道读者是否认同。从孔子、孟子、庄子、屈原到苏东坡，一连串光辉的名字，呈现出清晰的"基因链"。破解人类精神、文化的基因图谱，其功之伟，不亚于破解生理的基因图谱。

杭州太守沈立，是一位爱民勤政的好官，苏

轼和他相处融洽。二人尽量在实施新法的过程中减少流弊。当时的地方官，执行朝廷的命令是有弹性的。像欧阳修为颍州太守，在他的地盘上公开抵制新法。欧阳修是三朝元老，在朝野享有盛名，皇帝也让他三分。而王安石是他的弟子，弟子对老师，还得毕恭毕敬。

沈立是王安石选中的干吏，出任江南第一都会的太守，受各方关注。反对新法的大臣常有书信给他。他夹在中间，动用官场智慧谨慎行事。苏轼与他经过短暂的磨合之后配合默契。通判与太守，没什么不愉快。苏轼这个人，学弄权显然比较困难。通判一般都狡猾，充分利用朝廷给他的模糊身份以掣肘太守。《水浒传》里有个黄通判，就很典型。而我们的这位苏通判却给人相反的印象。对此，有很多史料记载，包括宋人笔记和苏轼本人的诗作。

青苗法在杭州推行，后果如苏轼所料，欠官债的百姓被捉拿，牢狱人满为患。除夕这天，按

衙门旧例要清点犯人,苏轼坐于高堂上,目睹这些衣不蔽体的小民,心中的酸楚油然而生,他把悲哀留在州府的墙上:

除日当早归,官事乃见留。
执笔对之泣,哀此系中囚。

苏轼巡视各县,余杭、临安、富阳、新城、於潜。在"春入山村处处花"的新城县,他吃惊地发现,不少年轻的山民揣着青苗贷款进城消费,于是慨然写道:

杖藜裹饭去匆匆,过眼青钱转手空。
赢得儿童语音好,一年强半在城中。

农民处于温饱线上,手里难得有许多现钱。尤其是不懂得生活艰辛的年轻人,他们没文化,欲望又盛,不朝城里跑才怪呢。吃喝嫖赌样样来,啥本事都没学到，只学会了城里人的好享受。苏轼正是在这些细微的地方，确认了新法的大漏洞。

浙东浙西厉行盐法，短时间内杜绝私盐，沿海制盐的灶户在官府低价强买的高压之下，苦不堪言。民间出现了百人规模的盐枭集团，武装贩运私盐，遭到官军的重锤镇压。苏轼上书朝廷："两浙之民，以犯盐得罪者，一岁至万七千人而莫能止。"

仅因盐法一法，一年就在两浙地区抓了近两万人。

官盐价格高，财政收入是大大增加了，然而江南产盐地，百姓却常常食无盐。苏轼写诗讽刺盐法：

岂是闻韶解忘味，迩来三月食无盐。

孔子闻韶乐，三月不知肉味。江南百姓也是闻韶乐而不知盐味吗？

熙宁五年（1072），新法推行的力度加大，苏轼很苦闷，写信给朋友说："某此粗遣，虽有江山风物之美，而新法严密，风波险恶，况味殊不佳。"江南的体验，印证了他在蜀地的生活印象。百姓安居乐业，这多好啊。可是上面动个念头，下面就乱成一锅粥。

苏轼写诗并编成集子，刻印几十本供朋友们传看。不少人写信问候他，到杭州来看他，包括后来的"苏门四学士"之一、诗和书法与他齐名的黄庭坚。他对人完全没有城府，这是王弗生前最担心的，在汴京、在凤翔，她睁大一双慧眼，微笑打量每一个到访的客人。眼下的王闰之，一门心思带孩子。前后两位夫人，似乎真有高下之分。有个名叫沈括的官员是个著名学者，他把苏轼的集子带到京城去了。

苏轼通判杭州三年，虽有新法之苦，却不是愁眉苦脸地过日子。此人先天快乐，后天快乐，要让他不快乐，除非阻断他的呼吸。在他的故乡眉山市,有一个受到广泛认同的口号:"东坡老家,快乐眉山。"我们都想解开苏东坡的快乐之谜——天性生快乐,智慧生快乐,磨难生快乐?——看他的纯度如此之高的快乐,究竟是如何生成的。到晚年,他俨然炼成了快乐的"金刚不坏之躯"。

沈立被调走了,新太守叫陈襄(字述古),原是朝中大臣,也是新法的反对者,被王安石的得力助手吕惠卿排挤出京。神宗安排陈述古做杭州太守,自有一番考虑。

苏通判与陈太守相得甚欢,在当时就已传为佳话。这倒不是说,二人今天聚首,明天就联手抵抗新法。官场智慧,并不允许他们这么干。苏轼写过《留侯论》,年轻的张良刺秦王逞一时之勇,非智者所为。苏轼在"凤翔期",不也犯过由着性子行事的毛病吗?

苏轼为官,既是理想主义者,又是经验主义者。汉、唐、宋的历史经验和教训,足以使他形成这样的智慧。

苏轼有两首词是为陈述古写的。一般官场友谊，哪配得上这种待遇。

长官和睦，僚属拥护。僚属几乎每天请喝酒，苏轼疲于应对。他酒量不行，一杯上脸，三杯就似醉非醉了。杭州号称人间天堂，却是苏轼的"酒食地狱"，趁人不备他就要溜。西湖边有座望湖楼，有时他一个人待在那儿，享受一下孤独。摆脱人群的孤独蛮有味道，大诗人都是享受孤独的好手。万顷西湖在脚下，环湖诸山在天边。时值六月，这一天忽然黑云翻滚大雨倾盆，苏轼凭栏徘徊，操着老家眉山的口音，口占一首七绝：

黑云翻墨未遮山，白雨跳珠乱入船。
卷地风来忽吹散，望湖楼下水如天。

晴天游湖又不同，云白，天蓝，山青，湖绿。暴雨生跳珠，细雨则起涟漪，涟漪铺向空濛的山色。苏轼另一首七绝，把湖光山色之美推到了极致：

水光潋滟晴方好，山色空濛雨亦奇。

　　欲把西湖比西子，淡妆浓抹总相宜。

　　写西湖，此诗公推第一，恐怕无人会投反对票。

　　苏轼之前，西湖本无定称。郦道元《水经注》称明圣湖；唐人传说湖中有金牛，称金牛湖；白居易治湖，筑石函泄水，百姓因敬爱太守而称石函湖；宋初称放生湖。苏轼此诗一出，西湖、西子湖之名广为流传，名称定下了。一首二十八个字的小诗，提炼了西湖的风光，并为西湖定下了名字。

　　月夜坐小船，随风飘荡于湖中，苏轼形容躺在船头的感觉说：

　　水枕能令山俯仰，风船解与月徘徊。

　　他描写钱塘江观潮：

欲识潮头高几许，越山浑在浪花中。

　　他寻僧访道，谈禅说空。山里的老和尚，个个善品茶，互相不服气。苏轼发明了"三沸水"，泉水文火煮新茶，一沸水太嫩，三沸水又太老，而妙处在于靠听力和嗅觉把握二沸水。苏轼煮茶，明显技胜一筹，群山诸寺，和尚们甘拜下风。后来他在密州的超然台上，犹自怀念杭州品茶，《望江南》有云：

　　休对故人思故国，且将新火试新茶。诗酒趁年华。

　　苏轼茶瘾大，一次能饮七盏。可能相当于今天的品茶客一次喝七碗茶。苏轼酒量小，平生引为憾事，于是专心茶道。日本人善茶道，也曾受惠于他。

　　在杭州西面的於潜县，他游寂照寺，迷上了

竹子。风一吹它弯弯腰，雨一来它沙沙响。川西坝子，眉山老家，竹子是寻常之物，不稀罕，却也不可缺。苏轼题诗说：

可使食无肉，不可居无竹。
无肉令人瘦，无竹使人俗。

寂照寺的和尚个个清瘦，苏轼这首小诗令他们雀跃。今日寂照寺，当为这家喻户晓的诗作感到骄傲。

一大把胡子的张先，八十多岁尚能穿梭于官妓之间，将特别中意的带回家去。他一辈子的名声大都与女性有关，时人称他"张三中"，因他有词句："心中事，眼中泪，意中人。"不过张先更中意"张三影"这个绰号，这源于他尤为喜爱的三句描写影的名句："云破月来花弄影"，"娇柔懒起，帘幕卷花影"，"柳径无人，坠风絮无影"。

张先在杭州，常拉苏轼饮酒，或设歌舞于府

中，或听丝竹于湖上。这个对异性永远热情高涨的老头，对苏轼产生了影响。一个模样俊秀的小女孩儿进入苏家，苏轼收为侍女，她名叫王朝云，时年十二岁，对琴棋歌舞俱有悟性，此后，苏轼又将其纳为侍妾。她陪伴在苏轼身边二十多年，成长为一位既美丽又感动人的女性。

苏轼于女性，值得认真研究。有些史料称苏轼"性不昵妇人"，这话也对也不对。唐宋文人，几乎无一例外地钟情于优美的女性，但苏轼和白居易、欧阳修、晏殊父子及柳永、张先有明显的区别。有什么样的区别呢？我们到后面再加以辨析。

依我愚见，唐宋文人和女性不可须臾分割的紧密联系，应当进入严肃的历史学者、文学史家的视野。她们揭示生命的本质与发现历史的规律，也许是同等重要。

五

熙宁七年（1074），苏轼升密州（今山东诸城）

太守。苏轼一上任就忙着治蝗灾，马不停蹄奔走各县，同时上书朝廷，请求减免密州赋税。他在田坎上写公文，文不加点。忙了一百多天才打道回州府，府衙官吏竟有半数不识他的尊容。

密州穷，丛林大泽常有剪径大盗，苏轼治了蝗灾腾出手来，又对付这些"大虫"。他捕盗打黑不留情，讲策略分而治之。这些事，后人有详尽记载。路边的草丛中多有弃婴，他命令部属想办法收养。从官钱中拨专款给贫穷的母亲们，让她们至少能把婴儿养到一周岁。苏轼这么做的理由是：一年后母子生情，就再也割舍不开了。事情如他所料，此后密州的弃婴大大减少。由此可见，仁慈的官员总能想出仁慈的办法。

次年秋天，政务忙出个头绪了，他率领当地驻军进山打猎，左手牵猎犬，右手擎苍鹰，锦帽貂裘，宝马良弓。从他的诗句推测，他的身材在一米七六左右，匀称，脸略长，面色红润，双目炯然，但不像李白或王安石那样目光射人。他着

戎装,佩剑挽弓,想必是别有神采吧!《江城子·密州出猎》上阕云:

> 老夫聊发少年狂,左牵黄,右擎苍。锦帽貂裘,千骑卷平冈。为报倾城随太守,亲射虎,看孙郎!

苏轼在写给朋友的信中说:"近却颇作小词,虽无柳七郎风味,亦自是一家。呵呵!数日前猎于郊外,所获颇多。作得一阕,令东州壮士抵掌顿足而歌之,吹笛击鼓以为节,颇壮观也。写呈取笑。"这封短信含三层意思:其一,苏轼很在乎柳永的词,欲比个高低,又不便明说;其二,打猎收获不小;其三,山东壮士唱《密州出猎》,颇壮观,暗讥柳词多为红口女子传唱。

涉及艺术创作,苏轼是很较真的,不怕在朋友跟前表扬自己。后来秦观学柳词,苏轼更忍不住讽刺他:"不意别后,君学柳七填词!"秦观是苏轼的忠实弟子，仕途和生活都追随苏轼脚步，艺术道路却各走各的。

苏轼在密州城造超然台，亲自绘图并参与取材、施工。他对建筑颇有揣摩，早在凤翔就跃跃欲试了。做太守的妙处，是能想更能做。台成，在济南做官的苏辙寄来《超然台赋》，苏轼写《超然台记》。中秋节，在部属的簇拥下他登楼畅饮，大醉。月亮在天，人影在地。他思念阔别五年的弟弟，写《水调歌头·明月几时有》。这首词今天的初中生都能背。字字珠玑，又晓畅易懂。月之阴晴圆缺，对应人的悲欢离合，真是写到家了。宋人说："东坡咏月词一出，余词尽废。"大诗人好比超级企业，垄断经营，却没人抱怨。苏轼垄断了中秋月。

熙宁十年（1077），苏轼迁徐州太守。

苏轼上任仅四个月，就碰上八月大洪水。上游的澶州黄河决口，徐州城南清河水一夜暴涨。灾情危急，苏轼反应迅速。他有两个大动作，一是严禁有车马的富户逃亡扰乱人心，二是亲入武卫营请禁兵协助防洪。按宋制，太守对当地驻军并无指挥权。苏轼冒着大雨深一脚浅一脚走到禁兵首领的住处，平时有些傲慢的首领被感动了，命令全营官兵听候太守调遣。

　　冲力巨大的洪水日夜冲击着南城墙，苏轼登城楼，眼望滔滔洪水，半个时辰一言不发。部属等他拿主意，倒不是因为他官最大。抗洪以来，苏轼成了全城军民无可争议的主心骨。他下令，调动几百艘公私船只，船中装沙袋，用缆绳放到城下，以缓解洪水冲力。这法奏效，万民欢呼，苏轼可不单写诗有灵感。他同时指挥万人大会战，于险要处筑长堤，长堤长九百八十四丈，高一丈，阔两丈。堤成之日，距最大流量的洪峰到来只差两天。徐州城保住了。十月中旬，洪水归于黄河故道。宋神宗闻奏大喜，下诏曰："敕苏轼：昨黄河水至徐州城下，汝亲率官吏，驱督兵夫，救护城壁，一城生齿并仓库庐舍，得免漂没之害……

朕甚嘉之。"

苏轼成了大英雄。全城百姓欢呼他的名字。后来他离任，徐州数千人送他出城几十里，哭成一片。

苏轼又要过一过建筑瘾了，上次在密州筑台，今番于徐州起楼，名之曰黄楼，取五行中土能克水的意思。楼成，苏轼率众举行盛大仪式，万人空巷争睹盛况，官民军民亲如一家。狂欢持续了三天三夜。

有朋自远方来：京城的王巩、於潜的诗酒和尚参寥。此二人，一个是名相王旦之孙，一个是云游四海的得道高僧。苏轼与之朝夕盘桓，高兴得手舞足蹈……兴奋趋于平静，艺术方来照面。春日暖融融，苏轼祈雨于城东二十里的徐门石潭，得极品小词《浣溪沙》五首。

事业的高峰联结着艺术的高峰。苏轼知密州，也是这样的情形。这蛮有趣，深藏着若干意味。

旋抹红妆看使君，三三五五棘篱门，相挨踏破茜罗裙。

乡村女孩儿急匆匆着裙抹妆、争看太守的模样跃然纸上。太守大人在干吗呢？众里寻他不见，他究竟在哪儿呢？且看第二首：

麻叶层层苘叶光，谁家煮茧一村香？
隔篱娇语络丝娘。
垂白杖藜抬醉眼，捋青捣䴸软饥肠，
问言豆叶几时黄。

太守又是哪般穿戴，怎生模样？

簌簌衣巾落枣花，村南村北响缲车。
牛衣古柳卖黄瓜。
酒困路长惟欲睡，日高人渴漫思茶。
敲门试问野人家。

哦,苏太守和咱们村儿的男女老少是一家人:

日暖桑麻光似泼,风来蒿艾气如熏。
使君元是此中人。

五首《浣溪沙》读不够。它所呈现的乡村风物真实得如在眼前。随意涂抹的画面之下,是高度提炼的真实,影视作品显然难以企及。

有个叫周济的古人说:"东坡每事俱不十分用力,古文、书、画皆尔,词亦尔。"这话讲到点子上了,细品苏东坡,方知什么叫举重若轻,什么叫随意而为,什么叫天纵大才雄视古今。

元丰二年(1079),苏轼迁湖州太守。

苏轼这个人,郁闷的时候要写诗,高兴了又口不择言。六年做了两任太守,政绩斐然,如果他在下一个太守任上稍事谨慎,回京师做大臣几乎没有任何问题。十几年前宋仁宗讲过,他有宰辅之才。他动用一点官场智慧,稳扎稳打,做宰相的可能性很大。然而他个性太鲜明，压抑性情，伪装起来迂回前进，对他来说太难了。生命冲动，冲到四十多岁，已是禀性难移。

苏轼赴湖州的途中，按惯例写《湖州谢上表》。这种例行公文到他的笔下，竟然惹出大祸。

朝廷有一帮小人，一直在关注苏轼。

其时王安石已经二度罢相，伤心地回老家打发余年。王安石培养的新法接班人吕惠卿，为得宰相位反口咬他。双方斗争激烈，王安石的儿子王雱也卷进去了，结果是两败俱伤：王安石死了儿子，吕惠卿被贬出京师。

熙宁初年一群重臣为国家前途的原则之争，现在变成了利益之争。吕惠卿这种小人，在他当政时起用了一批小人，而小人繁殖力强，迅速占据要津，将势力扩大到朝廷各部门。

小人猛斗君子，小人又恶斗小人。

宋神宗对小人保持着警惕。但是小人脸上并未写着"小人"二字，清除小人，一向是令皇帝头疼的事。

苏轼惹祸，根源在沈括。

沈括是一位正史有传的科学家，《梦溪笔谈》的作者，堪称北宋百科全书式的人物。但沈括是官场小人，道德败坏。他曾攀附王安石，王安石却一眼看透他，对神宗说："沈括壬人，不可亲近。"及至王安石罢相，他马上诋毁新法，被神宗识破，贬出去了。

沈括的袖筒里时常藏着不止一封密信，他是告密的专家，是告密者的好榜样。几年前他从杭州带走了苏轼的诗集，回汴京仔细研究，写成报告呈给监察部门，称苏轼"词皆讪怼"，恶意攻击朝廷的新政。沈括此举，是希望在王安石跟前立一大功。可他没想到，王安石根本不予理睬。

这件事在朝廷影响却不小，苏轼辗转为官也曾听说，但没往心里去。

时过几年，御史台的四个小人拾起沈括的伎俩，向苏轼发难。

《湖州谢上表》有两句话，令这帮小人蹦起来了。

苏轼对神宗说："知其愚不适时，难以追陪新进；察其老不生事，或能牧养小民。"

信手一笔讽刺朝廷的"新进"，惹大祸了。追陪新进，指入京与新进共事。牧养小民，指做太守牧养一方。老不生事，则暗讽新进们生事扰民。

四个新进小人宋史留名：李定、舒亶、张璪、何正臣。中间两个还是苏轼的朋友、同窗。当初沈括到杭州，也是同苏轼称兄道弟，却心怀叵测，带走了苏轼的诗集。

李定曾以不孝"知名"于天下，司马光斥之为禽兽。舆论沸腾，苏轼也曾写诗讽刺李定，而李定忍气吞声，咬牙写下日后加以报复的黑名单。

舒亶则是大有来头的小人，礼部考试曾拿了第一名，一生作有诗文百卷之多。他和沈括一样，是知识渊博、才华出众的小人。

宋史，尤其宋人笔记，关于这四个人的所作所为讲了很多。

现在他们研究苏轼，陷害苏轼，围剿苏轼。能量大的官场小人，一般都有丰富的斗争经验，不会轻易地发动攻击。一旦展开攻势，必有几分胜算。

历史上的小人总是上蹿下跳，谁来写一部"小人史"呢？

何正臣首先发难，李定唱压轴戏。以果断著称的宋神宗被他们弄得晕头转向。何正臣说：苏轼"愚弄朝廷，妄自尊大……一有水旱之灾，盗贼之变，轼必倡言归咎新法"。

神宗正疑惑，舒亶上札子称："臣伏见知湖州苏轼《谢上表》，有讥切时事之言，流俗翕然，争相传诵。忠义之士，无不愤惋！"担任御史中丞的李定给苏轼最后一击，他对神宗写道："臣切见知湖州苏轼，初无学术，滥得时名，偶中异科，遂叨儒馆，有可废之罪四。"

李定列出的四条罪状，均属言论罪。而赵宋立国百余年，言论是比较自由的。宋神宗终于让御史台的言论搅昏了，感到苏轼问题严重，下令查办。

张璪是刑讯逼供的好手，数兴大狱，手段残忍。他负责办理苏轼的案子。

李定派皇甫僎星夜赶往湖州拿人。

六

苏轼五月到湖州任，眼下是七月下旬的一天，他在官府后院晾晒亡友文同的书画。文同是去年病故的，英年早逝，苏轼三天三夜不能睡觉。文同以画竹称雄当世，苏轼、米芾、黄庭坚等为之折服。苏轼亦画竹，得文同真传。

苏轼黯然铺开文同的遗作。忽闻前厅响起急促的脚步声。皇甫僎到了。

皇甫僎拿苏轼，先拿腔调。苏轼这样的高官兼名流，落到他手上，他是不会轻易带走的。他持笏立于官厅的中央，脸色铁青，一派威严。两个全副武装的台卒目光凶狠。苏轼心里没底，颇惶恐。二十余口家人瑟瑟躲在屏风后。整个场景像精心导演的一出戏。

皇甫僎玩苏轼玩够了才宣读诏令。原来不那么严重，罪不至死。

这皇甫僎一生为这件赴湖州拿苏轼的"美差"自鸣得意。事实上他也的确"永载史册"了。宋人笔记说，皇甫僎"拿一太守，如捉小鸡"。

几艘官船戒备森严，押送苏轼赴京。苏轼与长子苏迈在一条船上，夫人王闰之及其余家小在后边另一条船上。行至宿州，大批兵丁上船搜查，呵斥连连，动作极为粗野，估计是皇甫僎授意的。"围船搜取，老幼几怖死。"苏轼在写给朋友的信中记载了当时的恐怖情形。兵丁"既去，妇女恚骂曰：'是好著书，书成何所得，而怖我如此！'悉取烧之。比事定，重复寻理，十亡其七八矣"。

可惜了，王闰之一把火，烧掉多少国宝。王

弗若在，岂有此举？王弗在闺中便能念书，又因跟随程夫人数年而颇识大体。再者，兵丁已去，何必点火？从上述苏轼的亲笔记载看，王闰之对丈夫写写画画早就有意见了。书成何所得——写书有啥用呢？许多人猜测，余下的小部分文稿及书画，是王朝云给藏起来了，她挺身护宝，为了苏轼冒犯夫人。此时她十七八岁，已长成亭亭玉立的少女。除了琴棋歌舞，她的书法也大有长进了。跟随苏轼六年，王朝云有三向：向学、向美、向善。

苏轼被押至京师，关在乌台。乌台是御使台的别称，是关押要犯的牢狱，有深井一般的牢房，窄小而四壁阴湿。狱中有大树，栖息着数百只乌鸦，早晚呱呱乱叫，扑动它们黑色的翅膀。乌台二字，源自这些乌鸦，也含有黑狱的意思。汴京城内，流传着有关乌台的种种恐怖故事。这是鬼都不想去的地方。

苏轼入狱，遭狱卒毒打、诟辱通宵。

当时，有个叫苏颂（字子容）的囚犯被关在乌台，他做过开封府尹，亦因得罪御史台那帮小人而下狱，他在狱中赋诗十四首，序言说："子瞻先已被系。予昼居三院东阁，而子瞻在知杂南庑，才隔一垣。"苏子容诗中有："遥怜北户吴兴守，诟辱通宵不忍闻。"

吴兴即是湖州，吴兴守即是指苏轼。

接下来是疲劳审讯，李定为主审，舒亶为助手。张璪专施刑具，以肉体的折磨摧毁苏轼的意志。是否仍有诟辱、拳打脚踢，现在我们无从知晓。苏轼出狱后的诗文只字不提。

奇耻大辱，谁能说出口呢？"性不忍事"的苏东坡，也有终身不愿讲之事。

李定绞尽脑汁罗织苏轼的罪名，不分昼夜研究苏轼写下的每一个字。朝中大臣，地方官吏，凡与苏轼有书信往还的，一律派人取证。案子闹得很大。李定是右相王珪的人，王珪在神宗面前力诋苏轼。案件牵涉二十四人，其中有范镇、司马光、张方平这些熙宁新法的强有力的反对者。"乌台诗案"的性质昭然若揭了：这是明目张胆的政治陷害。驸马王诜是苏轼的好朋友，他送给苏轼的茶、药、纸、墨、砚、鲨鱼皮、紫茸毡等，皆成物证。连苏轼托王诜裱画三十六轴没付钱，都成了一桩罪名。

一次又一次的提审，惊起乌鸦，叫声凄厉。

审案子不顺心时，小人就暴跳如雷，扑打苏轼。笔者真不忍，对细节的想象到此为止吧。

小人丧心病狂，而牢狱之外的"救苏运动"正紧锣密鼓地进行着。苏辙上书皇帝，愿以在官之身换取兄长的平安，言辞非常谨慎，生怕触怒皇帝。以太子少师致仕（退休）的张方平，居金陵，派儿子张恕急速进京，直奔登闻鼓院投书。书中言辞慷慨激昂，称苏轼为一代奇才。岂知张恕胆小，徘徊半天不敢投。不过，这倒是件好事：以神宗的刚强性格，看了张方平的上书，很可能反而对苏轼不利。苏轼这样的奇才竟然下狱，这不是指责皇帝是昏君吗？张恕不敢投书，正是担心这个。

以刑部侍郎致仕的范镇，亦不顾家人的反对，毅然上书皇帝，乞免苏轼一死。

形势朝着有利的方向发展，苏轼免死罪，似乎已成定局。李定、舒亶大为恐慌：苏轼今日不死，将来必成大患。舒亶狗急跳墙，竟上奏章，要把收受过苏轼讥讽文字的大臣全杀掉。他派人到杭州，取回了苏轼咏双桧的两句诗："根到九泉无曲处，世间唯有蛰龙知。"他如获至宝，急忙呈送主子王珪。

王珪拿着诗稿对神宗说：苏轼于陛下有不臣之意。

神宗问：何以见得？

王珪说：陛下犹如飞龙在天，苏轼公然声称与陛下合不来，反求知音于地底之蛰龙。

神宗说：不能这么比附吧。他自咏桧，干朕何事？

王珪还想申辩,一旁的章惇开口了:如此解读诗文,恐怕人人都有罪。

二人退朝后,章惇质问王珪:你想害死苏轼的全家吗?

王珪涨红了脸,搪塞道:这是舒亶讲的。

章惇站在宫殿外的台阶上大叫:舒亶的唾沫也可以吃吗?

章惇也是北宋的一个奇人,此人日后与苏轼恩怨纠缠。

舒亶发难失败了,右相王珪还在神宗跟前碰了一鼻子灰,遭章惇一顿臭骂。北宋政坛蛮有意思,论官职,章惇比王珪差了几级,却能当众骂宰相,令其落荒而逃。

李定为苏轼诗案的主审官,有一天上朝,他拦着王安石的弟弟王安礼,警告说:苏轼反对你大哥,你可不能替他说话。王安礼拂袖而去,在神宗御座前为苏轼讲了很多好话。李定恼怒,却又不敢惹这个大丞相的弟弟。

"乌台诗案"牵动四方，杭州、徐州、密州的百姓纷纷为苏轼祈祷。后宫内，太皇太后曹氏、太后高氏，都为苏轼求情。曹氏病重，神宗欲大赦天下为祖母消灾求寿，高太后说：你也不用赦天下，只放了苏轼就够了。

高太后是神秘消失的宋英宗的皇后，后来对苏轼眷顾有加。她的年龄可能比苏轼小几岁。

李定、舒亶、王珪，发动最后的舆论攻势，不择手段，对大臣们或裹挟或威胁，朝野刮起了攻讦苏轼的旋风。宋神宗又举棋不定了。

张璪则对囚犯苏轼封锁外面的消息，每日恫吓，比如追问苏轼祖上五代。按宋律，只有死刑犯才追问五代，苏轼自忖性命难保，藏下平时按量服用的青金丹，准备吞金而亡。偏偏有一天，他收到一个死亡信号：送饭的人送来了一条鱼。入狱前他与长子苏迈曾有约定：送鱼意味着难逃死罪。

苏轼万念俱灰了，彻夜不眠，思前想后，格

外怀念弟弟苏辙,凄然写诗:

> 圣主如天万物春,小臣愚暗自亡身。
> 百年未满先偿债,十口无归更累人。
> 是处青山可埋骨,他年夜雨独伤神。
> 与君世世为兄弟,又结来生未了因。

这已经是一首绝命诗了,一家十余口托付给弟弟,表达兄弟情。这可能是人间最感人的诗。后来高太后读到此诗,泪如雨下。

其实只是送鱼的人不知情,送错了。那一天苏迈有事委托他人探监,忘了叮嘱他。苏轼受煎熬,却写下千古诗篇。

神宗为苏轼的案子十分头疼,宋朝历来重视言官,御史台的言官们群攻苏轼,他不能不慎重考虑。怎么办呢?他想了很久,想出一个主意,派一小太监潜至乌台,观察苏轼的动静。几天后太监回宫报告:苏轼夜里睡觉,大抵鼾声如雷。

皇帝一拍大腿：看来苏子瞻心中坦荡，并未藏奸。

这时候，一个关键人物出来讲话了，他就是闲居金陵的王安石。他有札子呈给神宗，朝廷百官紧张注视着、打听着，亲者、仇者分成截然相反的两派。神宗敬王安石如父执，天下皆知。

札子的内容公开了。王安石说："岂有圣世而杀才士者乎？"

一锤定音。

乌台诗案结案：苏轼以团练副使贬黄州，不得签书公事。涉及此案的司马光、张方平、范镇、王诜等二十二人，各罚铜三十斤、二十斤不等。王巩最惨，被贬到岭南五年多。从案发到结案历时一百二十多天，爱戴苏轼者喜极流泪，一帮小人向隅而泣。当时就有《乌台诗案》一书刊行于世，可见此案影响之大。

赵宋立国以来，这是第一次震动朝野的文字狱。整个过程像一部大戏，一波三折，悬念迭生，高潮迭起，各色人等活跃。

几千年历史本身够精彩了，眼下历史剧的作者们，如果按下浮躁多读几本书，想必不至于老是感叹题材雷同、角色撞车吧！

七

苏轼携长子离开京城赴湖北黄州，时在元丰三年（1080）的正月。满城鞭炮声，苏氏父子黯然离去，顶风冒雪，打马出城门。其他眷属寄居南都。

苏轼赴黄州，照例上谢表，语气和《湖州谢上表》不同了，但毫无乞怜之态。乌台的折磨，贬所的荒远，一路上还有御史台的台卒押着，从三州太守一变而为戴罪之身。如此巨大的精神压力，普通人很难泰然处之。苏轼给皇帝上谢表，不卑不亢："伏念臣早缘科第，误忝缙绅……亦尝召对便殿，考其所学之言；试守三州，观其所行之实……"苏轼并不回避讲自己的才学和实干，至于神宗看了谢表会怎么想，他也不去计较。这些通常容易被忽略的地方，却能说明苏轼过人的勇气。他个体生命之强悍，意志之坚韧，举止之平和，古今罕见。黄州可谓见证的开端。

　　黄州在大江之滨，地势高低不平。苏轼暂居城内的寺庙定惠院，开门即可见山。他念佛，沐浴，梳头，钓鱼，采药，投身于日常生活。他也长时间打坐，斜倚山坡看云，慢慢清理思绪。他顶住了压力，现在要拆掉"千斤顶"，让通身的感觉朝着自然与人事细腻敞开。伟人的转身，真是叫人叹为观止。他念佛但并不吃斋，一切随缘又随意。北宋两大高僧，佛印和参寥是他的好朋友，他们互相影响，留下许多妙趣横生的掌故。他沐浴梳头皆有讲究，比如梳头，早晨怎么个梳法，中午又怎么个梳法，他还研究梳头与睡眠的关系，兴致勃勃地向别人推广他的成功经验。他采药，尝百草，攀峭壁，后来与人合著一部颇有价值的医书。他的烹调手艺更不一般，将孔圣人的教导抛在脑后，君子不妨近庖厨，发明的美味佳肴数不清，今日尚有"东坡肘子""东坡鱼""东坡羹""东坡泡菜"等等，北京享有盛名的眉州东坡酒楼，旨在传播东坡美食。苏东坡还收集沙滩上的小石头，或因形状，或由色泽。他在黄州收获颇丰，收集到共计二百九十八枚"细石"。他还琢磨两处私家园林，不厌其烦给人家提意见。他和渔夫、樵夫打成一片，软泡硬磨要听父老讲故事，村里家家户户的大事小情，他听不够，还想听祖祖辈辈传下的鬼故事。荆楚大地鬼魅多多，有屈原的作品为证。

一个人，如果他既有经天纬地之才，又能醉心于周遭，纵情于生活，那他就跟神仙相差无几了。东坡生前，已被人呼为"坡仙"。

古代人杰，如嵇康、葛洪、李白，苦苦寻仙不得一见，身上却有了仙气。这挺有意思。可惜近现代，仙气或神性在生活中消失殆尽，西方哲人谓之"祛魅"，希望人类有朝一日能"返魅"。

也许五十年，也许一百年，人类将收敛面对自然的狂妄自大、为所欲为，重新回到敬畏天地的良好心态中。

关于生活的智慧，现代人需要学习的东西太多太多。回头看看苏东坡这位全景式的生活大师，方知我们有多么单调、贫乏、浮躁、狂妄。

人间万事，没有什么东西比生活更重要。生活的意蕴层由若干核心元素构成，包括苏轼强调的风俗、道德。行文至此，我们还应加上神性、诗意、日常趣味、个体差异。金钱或物质基础乃是题中应有之意。种种核心元素，去掉任意一个生活就要出问题；去掉一半，生活将面目全非。而放大其中的某个元素，同样后果堪忧。

物质跑出很远了，精神当奋起直追。说到底，人之为人，除了精气神，余下还有什么呢？越过温饱线之后，精神要统摄物质，而不是相反。

前面曾提到，苏东坡比现代人更现代，可能不无道理吧？

苏轼有七律《初到黄州》,前四句云:

自笑平生为口忙,老来事业转荒唐。
长江绕郭知鱼美,好竹连山觉笋香。

苏轼初到黄州,其实内心也很孤独。黄州太守徐君猷待他好,却仅限于为他安排居所,接触甚少,时常宴饮更谈不上。毕竟他是罪臣。著名信件《答李端叔书》说:"得罪以来,深自闭塞,扁舟草履,放浪山水间,与樵渔杂处,往往为醉人所推骂,辄自喜渐不为人识。平生亲友无一字见及,有书与之亦不答。"

野店喝点劣酒,常被醉汉推骂,苏轼反而感到高兴。推几下骂几句,可比京城那帮小人的持续围攻好受多了。混迹于庶民、草民间多好。苏轼从这样的角度感受事物,看似寻常,其实非凡。这才叫修炼。亲友躲着他,"有书与之亦不答",他自然会不舒服,但字里行间的痛苦隐而不彰。

这叫高贵。

苏轼琢磨孤独，试图从孤寂中提取生命的能量。历代高僧都有这能耐。黄州城郊有座安国寺，他常去焚香静坐，眼观鼻，鼻观心，物我两忘，"表里翛然，得垢秽尽去之乐"。然而生命的律动不可休止，他写信给朋友说："若世之君子，所谓超然玄悟者，仆不识也。"古人书信，仆为自谦之称。

苏轼之向佛，重两点：静与善。动辄得咎，退而为静，静又反观生命的律动，以期重新跃入生活的激流。静是动的变式，没有纯粹的静观。苏轼求僧问道几十载，始终是静寂与律动的两栖者，他的努力方向，就是把异质性的东西集于一身。他成功在路上，因为没有终点可言。毋宁说他像个钟摆，摆荡于生命的两极之间，他赢得了这个"之间"，赢得了"永动"。

苏轼多欲而向善，既是反求诸己、三省吾身的结果，又取决于他对恶的领域的深广体验。不知恶,焉知善。有趣的是,苏轼始终相信善的地盘更大一些。犹如佛法无边,能使恶魔皈依。

顺便提一句,经学家们常把儒释道挂在嘴边,像一帖万灵膏药。学者图省事,开口闭口都说:儒释道。针对历史文化,这类极易流于空泛的大词还是少用为好。思想需要细心。

苏轼于元丰三年的二月抵黄州,五月,苏辙带着一支队伍过江来与他汇合。这支队伍中,主要是女人和孩子。大半年离别恍如隔世。夫人王闰之,见了苏轼会是怎样情形,继续埋怨吗?这一层且撇下,我们来看王朝云。眼下的王朝云十九岁,艳光四射。

雪白的肌肤,鲜红的嘴唇,天生丽质不需妆扮。她是在伟人身边绽放的一朵鲜花。苏轼志存高远,性情豁达豪放,本"不昵妇人",却与王朝云两情缱绻,阴阳调畅。他滋润了这朵鲜花,鲜花又催生了他的艺术灵感。被贬黄州时期是苏轼的艺术"井喷期",佳作有如钱塘江的潮水一浪赶一浪,依我看有两个原因:其一,苦难中朝着自然与审美的转身;其二,与佳人的爱情热烈而又绵长。

政治理想跌入低谷,却有美神、爱神携手而来。

对此深有体验的歌德曾说:永恒的女性,引领我们上升。

徐太守为苏轼另辟一居所:临皋亭。临皋亭属官府建筑,罪臣本不可以入住,徐太守为苏轼破例。新居不算宽敞,但周遭风景甚好,与武昌城隔江相望。苏轼《与范子丰十首之八》说:"临皋亭下不数十步,便是大江,其半是峨眉雪水,吾饮食沐浴皆取焉,何必归乡哉。江山风月,本无常主,闲者便是主人。"

这段话有意思。苏轼念念不忘家乡,才会安慰自己,"何必归乡哉"。江水半是峨眉雪水,而家乡眉山几乎就在峨眉山下。

谁是江山风月的常主呢?苏轼说是闲人。闲人又是什么人呢?显然不是无所事事的人。忙于政务是忙人,身处江山是闲人,但苏轼的闲,不如说是另一种忙碌。他忙着生活,忙着静观天地万物的律动,忙着应对纷至沓来的灵感。这忙,却不是追名逐利的匆匆忙忙。人的眼睛一味去盯功利,视野、胸怀会收缩,享受生活的能力会降低。这是一条铁律。苏轼提供了相反的,也许是最具说服力的例证。

生活远比功利宽广。生活的完整性比什么都重要。而当下,生活与功利已呈针锋相对之势。

王朝云正青春烂漫,而苏轼差不多十年前就自称老夫了。二人年龄相差二十八岁。眼下王朝云十九岁,苏轼四十七岁。就一般情形而言,年龄是有点悬殊。但男女间的年龄感基本上是个现代概念,古代没有。王朝云初入苏家,便是苏家的人了,她没有什么需要克服的心理障碍。苏轼称赞她"敏而好义",可见她是机敏的女孩子,潜心学习,琢磨生活,对苏轼家的家庭氛围很敏感。她和王闰之处得比较融洽。王闰之不大吃醋,估计是王朝云努力的结果。苏轼此时表扬老婆的诗句"妻却差贤胜敬通"则可能含有鼓励的意思,希望妻子继续大度,不要学汉朝冯敬通的著名悍妻。

也许曾经有过一场微妙的三人舞,但慢慢过渡到双人舞。黄州,是双人舞的高潮。

苏轼的诗文书简,几乎不提儿女私情。这与西方诗人不一样。士大夫文人讳言家中事,碰上炽烈的爱情也要按捺着,而西方诗人马上就要大写特写。所以西方爱情诗多,有些诗人一生歌唱爱情。礼教对情感有严格的约束,放大忠义孝悌,抑制男欢女爱,豪迈如苏轼也不能免。士大夫抒写的男女情,一般都是宴乐游冶,官妓们唱主角。男女很不平等,一对一的爱情体验付之阙如。

对人性缺少刨根问底,可能是中国传统文化的一大弱项。

坚实的、自由的、大面积的个体成长艰难。就杰出的士人而言,拥有民本社会的理想诚然宝贵，但缺了人本，民本难免脆弱。民本需要人本提供强大支撑。

苏轼和王朝云在黄州的爱情细节，我们现在看不清。这"看不清"却呈报出了某种东西，呈报出历史的隐匿。

不便张扬的爱情令苏轼激动。对他来说，升华欲望却不难。黄州五年，他留给后世的艺术瑰宝真是数不胜数。

> 大江东去，浪淘尽，千古风流人物。故垒西边，人道是，三国周郎赤壁。
>
> 乱石穿空，惊涛拍岸，卷起千堆雪。江山如画，一时多少豪杰。

这首《念奴娇》，豪放词中推第一。它透出波澜壮阔的历史感。历代大文人，历史感是必备的东西。目光不能穿越数百年，焉能写出好作品？即便写眼下，写周遭，没有宏阔视野的参照，小情绪、小感觉肯定挡不住,它们争先恐后要出来。三苏父子当年在老家眉山的"南轩"书房,读得最多的书可能是史籍。苏轼贬黄州,还把几十万言的《汉书》抄了一遍。抄书是他的读书方法之一。苏轼书法那么好,可能和抄书亦有关吧?抄书的时候意在别处,性情反而容易直泻笔端。苏轼的书法珍品如《寒食帖》,是他随意而为的巅峰之作。

为人、为官、为艺术,苏轼皆随意。随意是他的关键词。

这随意却始终伴随着逆境中的修炼。犹如杜甫的沉郁顿挫,李白的自由奔放,鲁迅的"出离愤怒",学是学不来的。

历史感唤起人生思索,前后赤壁赋是思索的产物。茫茫大江之上,一轮明月照着苏轼的沉思。《赤壁赋》云:

壬戌之秋,七月既望,苏子与客泛舟游

于赤壁之下……少焉，月出于东山之上，徘徊于斗牛之间。白露横江，水光接天。纵一苇之所如，凌万顷之茫然。

画面如此动人，沉思又指向何处？

寄蜉蝣于天地，渺沧海之一粟。哀吾生之须臾，羡长江之无穷。挟飞仙以遨游，抱明月而长终。

这里，庄子浮出水面了。

古代文人的思考一般都会碰上老庄。老庄玄奥，苏轼的思考却紧贴自然与人事。他探讨《易经》的学术著作《东坡易传》也是"切于人事"。他对生活、历史、自然充满了哲思。他的思想是洞见式的，点点滴滴的，既有宏观的把握，又有微观的进入。而他出色的语言表达能力，让思绪显得清晰、优美。

> 且夫天地之间，物各有主，苟非吾之所有，虽一毫而莫取。惟江上之清风，与山间之明月，耳得之而为声，目遇之而成色，取之无禁，用之不竭，是造物者之无尽藏也。

造物者赐予人类无尽的宝藏。苏轼若能看到他身后的一千年，会吃惊地发现，宝藏原来有限，经不起人类折腾。

齐万物，一生死，同荣辱忧乐……苏轼与庄子相隔千年而互为知音。哲人迈向虚无的身形何其潇洒。虚无涵盖一切，包括积极进取。这里有一种宇宙式的乐观主义，容积无限大。今人动不动斥之为消极，是因为他们无力洞察虚无。褒扬它的艺术性，批评它的思想性，类似的二分法，在古典文学研究中随处可见。把思想视为现成在手的东西，摆出一劳永逸的权威性，今天敲敲这个，明天打打那个。生活中苦苦追问的思想者，在一片敲打声中自动隐匿。然而思考若有效，总能获得重新出场的契机。

赋体散文,《赤壁赋》是巅峰之作。

《后赤壁赋》写自然的神秘。苏轼过生日,偕同两个客人再游赤壁。

江流有声,断岸千尺,山高月小,水落石出。

苏轼独自攀上危险的峭壁,"二客不能从焉"。二客中的一客,即是前赋中的那位"客有吹洞箫者"。据学者考证,他名叫杨世昌,是黄州有名的道士,闲云野鹤般自由,又体魄强健,无论寒暑、雨晴,"泥行露宿"满不在乎。然而这位杨世昌,攀峭壁的本事不如苏轼。我不知道苏轼是不是有一点夸张。

文中描绘的怪石、枯木,也是苏轼画画常用的题材。

在黄州,他的书画跃上了一个新台阶。襄阳

米芾慕他的名，不远千里前来拜访他。米芾当时只有二十几岁，是个书画天才，恃才傲物，见了谁都不低颜色。米芾先到金陵拜会王安石，然后到黄州谒见苏轼。米芾对这两位闻名天下的大人物，"皆不执弟子礼，特敬前辈而已"。

苏轼满心欢喜接待米芾，没有一点前辈名流的架子。二人切磋书画，有时候争得面红耳赤。每有心得，便急于告知对方，于是二人都有了长足的进步。

苏轼以前单画竹，现在把枯木怪石搬到画面中，画竹石图、竹木图，新创文人画意境，在绘画史上留下了一笔。他写字画画，随写随赠，当时黄州有个叫王十六的秀才，年轻没顾忌，常常开口向苏轼求字画，三年间求得的作品竟然多达百余件，日后运往汴京、洛阳等地卖得好价钱。

而苏轼对自己的书画能卖钱，不是很在意。为官十几年也没啥积蓄，答王巩诗云：

若问我贫天所赋，不因迁谪始囊空。

苏轼贬黄州的第二年，朋友往还渐多，他感到手头吃紧，把铜钱吊在屋梁上，计划开支。一个月下来若有盈余，他另存于竹筒中，用作款待好友的专费。举家厉行节约，王闰之堪称节约能手，昔日的太守夫人，眼下衣裳有补丁，金钗银簪送进了当铺。乳娘任采莲更有高招：将一块咸猪肉悬于饭桌旁，小孩想吃肉，便望望咸猪肉。这叫"咸肉止馋法"，二十世纪五六十年代的眉山尚有流传。苏迨、苏过年幼，望着咸猪肉不眨眼时，任采莲会说：快拨饭，不怕咸呀？苏过告发哥哥盯着咸猪肉看了好几眼，任采莲又说：不管他，咸死他！一桌喷饭。苏轼哈哈大笑。王朝云的笑容虽有节制，却也像一朵绽放的桃花。饭后，苏轼出临皋亭沿大江散步，通常由王朝云陪着。

苏轼诗笔画笔不关儿女情，黄庭坚赞美说：

"坡翁胸有万卷,笔无点尘。"在今天看,却多少有些遗憾。苏轼崇拜陶渊明,和遍陶诗,却漏掉渊明向往佳人的《闲情赋》。佳人日夕在身边,大文豪偏偏不提笔。苏轼有一首"婉约派"力作《蝶恋花》,王朝云最爱唱:

花褪残红青杏小,燕子飞时,绿水人家绕。
枝上柳绵吹又少,天涯何处无芳草。

墙内秋千墙外道,墙外行人,墙里佳人笑。
笑渐不闻声渐悄,多情却被无情恼。

谁能说苏轼不谙风情呢?

苏轼在黄州的朋友越来越多,造访的客人走两个来三个,家里的开销捉襟见肘。苏轼又是最怕朋友少的,即便是乡野之人,只要上门了,他必定留客吃饭。黄州这地方也不是年年风调雨顺,碰上旱灾雨灾怎么办呢?为长远计,苏轼不能不想办法。太守徐君猷真是一个好人,他解决了苏轼的难题，把城东一块废弃的兵营拨给苏轼，约五十亩坡地。苏轼率领全家开荒种地，除荆棘，搬瓦砾，挖水渠，合家老小挥舞着锄头扁担，每天累得一身汗。远道而来的朋友，比如眉山人巢谷、陈慥（陈希亮的儿子）、京师小吏马梦得、杭州高僧参寥，见此情形，二话不说下地干活，加入了垦荒队。马梦得与苏轼同年，人挺逗，插科打诨，唱歌翻跟斗，苏迨、苏过老喜欢跟在他屁股后头。艰苦的耕耘苦中有乐。

麦子种下了。初春一片新绿，入夏满目金黄。

东坡诞生了。苏东坡三个字，从此响彻千年中国历史。

陆游《入蜀记》写他亲眼所见："游东坡，自州门而东，冈垄高下，至东坡则地势平旷开豁。东起一垄颇高，有屋三间，一龟头曰居士亭，亭下面南一堂颇雄，四壁皆画雪，……是为雪堂。……又有四望亭，正与雪堂想直，在高阜上，览观江山，为一郡之最。"

根据陆游的描述，今日黄州再造东坡不难。凡热爱生活的人，想必都会热爱它：风中的麦浪在心头荡漾。

日本、德国、美国的汉学家，惊叹苏东坡应对磨难的力量竟如此之大。高官更兼文豪，下苦力轻描淡写，凸显给世人的，倒是沁人心脾的诗意景象。须知耕种绝非易事，家中十余口，没一个是种田好手，苏东坡事事请教老农，东坡附近的农民都成了他的朋友。他写诗，幽默而又豪迈：

腐儒粗粝支百年，力耕不受众目怜。

雪堂四壁的雪景出自他的画笔。堂前匾额四个大字：东坡雪堂，是他的手迹。这高雅之处却是谁都能来，城里的穷秀才、村中的流浪汉、蹭酒喝的、打秋风的、讲新闻说旧事的。主妇难免皱眉头：这要吃要喝的。其实客人也知趣，一般不会空手来。苏东坡用家乡话打趣：来就来嘛，何必又提又抱又扛的。

有一天他在雪堂忙碌，等客上门，忽然说：

吾上可陪玉皇大帝，下可陪卑田院乞儿。

上下几千年，能出此语者，恐怕只有苏东坡。他能穿越社会各阶层，洞察各领域，以伟岸之躯融入茫茫大地，既汲取能量，又广施悲悯。贬黄州无权无钱，他还拼着一张老脸，大力革除江对岸武昌溺女婴的陋习，让数不清的女婴存活下来。

是中国文化铸就了他的伟岸。我们为此甚感欣慰。

他又说："吾眼前见天下无一个不好人。"这该是圣人的境界了吧？他可不是说大话。日后有个人，弄得他家破人亡，九死南荒。这不共戴天之仇，他却在有能力报复的时候轻轻一挥手，饶恕了对方，还提醒对方保重身体。

通过苏东坡，我们知道，悲天悯人并不是一

句高调的空话。他诠释了人之所以为人。他提纯了人类的文化基因。他向我们这些自以为是的现代人示范，人的精神，可以喷发到什么样的高度和广度。

苏东坡常被人拉去喝酒。他曾自酿蜜酒，折腾半年，请客人喝，紧张地期待客人评价。然而客人喝下蜜酒拉肚子，他只好宣布酿酒失败，然后继续研究。在朋友家饮酒，闻到酒香他人就醉了一半。苏东坡祖父苏序豪饮，但这基因没传给他；他久经官场文坛也没锻炼出来，一辈子遗憾酒量太小，不知道这是怎么回事儿。不过，他写醉书、画醉画、填醉词却很在行，稍不留神就是千古绝唱。且看《临江仙》：

　　夜饮东坡醒复醉，归来仿佛三更。家童鼻息已雷鸣，敲门都不应，倚杖听江声。

　　长恨此身非我有，何时忘却营营。夜阑风静縠纹平，小舟从此逝，江海寄余生。

善于做考证的胡适先生曾表示疑惑：家童怎么会鼻息如雷鸣呢？联系苏东坡考场上也要杜撰，胡适释然一笑。

这首词很快传到太守府，徐君猷慌了，"以为州失罪人"，跑到苏东坡的寓所一看，才松了一口气。东坡正在堂上高卧，并未"小舟从此逝，江海寄余生"。

从词中透露的时间看，苏东坡在江边呆了半夜。"倚仗听江声"，却听见了人事纷扰世事喧嚣。苏东坡心向自由而置身人世，不避人生喧嚣。他的生存姿态就是这样。他揭示出自由的价值，而自由既在江海又在人世，二者形成特殊的张力。对生活的热情有多高，对虚无的体验就有多深。苏东坡是虚无的占位者么？他如此眷恋人世，因之而嗅到虚无的气息，不由自主要朝虚无的领地跑。那是他返身朝着人世发力的一块基地吗？他那厚地高天般的胸怀和视野，来自这种虚无吗？

我拜读中外大哲的著作，常有这类感觉。

哲人总有相通处，哪怕隔着语言、地域和各自的历史。哲人之所思，为人类生活持续地提供普适性价值。苏东坡作为一名好官，是民本的；作为坚实而丰富的个体，是人本的。人本通自由，自由又通向什么呢？

研究苏东坡，如果想避免一再走入故纸堆，不妨将眼界拓宽一些。要想把他活生生带到当下，须做些别样功课。比如一个人类学学者，可能会在东坡身上看到很多新东西。

我们回到黄州吧。苏轼贬黄州，一变而为苏东坡。他在民间，在野地，在爱情的光照中，在亲友的环绕下，出乎意料地精神抖擞，形象鲜明，盖过了他身为官员时留给人的好印象。历史上像他这样的好官并不罕见，但是作为艺术家，作为人的韧性、丰富性的阐释者，他是罕见的。身处逆境而笑声爽朗，一般人做不到，所以人们称他坡仙。他浑身散发的仙气和李白有不同：李白天马行空，而东坡归属大地的广袤与神秘。

李白像天仙，东坡如地仙。

不过坡仙也会生病，眼疾、痔疮，害他两个月不能出门。于是有传言：东坡已仙逝。越传越像真的，而且传出千里之遥。居许昌的范镇听到后，立刻放声大哭；神宗皇帝吃不下饭，连连叹息："才难，才难！"高太后的反应史料未载，她是苏东坡的崇拜者、保护神。

病情稍见好转，东坡一溜烟出门去了。

有一天他骑马外出彻夜不归。家人、朋友四出寻找未见踪影。原来他睡在一座桥上，桥柱赫然有新词：

照野弥弥浅浪，横空隐隐层霄。障泥未解玉骢骄，我欲醉眠芳草。

可惜一溪风月，莫教踏碎琼瑶。解鞍欹枕绿杨桥，杜宇一声春晓。

他自序云：

> 饮酒醉，乘月至一溪桥上，解鞍，曲肱醉卧少休，及觉已晓，乱山攒拥，流水锵然，疑非人世也。

不知道行人碰见他会作何感想。多半会蹑手蹑脚地绕开他颀长的身躯。天亮了，布谷鸟唤醒了他。

王朝云有了身孕，他欢天喜地，有时整日不出门，围着孕妇转，听胎动、做美食、洗小衣。夫人王闰之、乳娘任采莲倒闲着没事干了，皱不完的眉头，噘不停的嘴。苏东坡端详王朝云说：兴许是个女孩儿……前边已有三个男孩儿，添个女孩儿多好。然而生下来的还是男孩儿，眉角格外像他，抓周单抓书和笔，东坡朝云相视而笑。东坡为小孩儿取名苏遁。遁者，逃亡矣。在官场斗不过小人，逃向民间总是可以的吧？《洗儿戏作》云：

人皆养子望聪明，我被聪明误一生。

惟愿孩子愚且鲁，无灾无难到公卿。

东坡郁闷时言辞尖刻，高兴了，也要讽刺人。做官做到公卿，原来有诀窍：愚蠢加鲁莽。

苏东坡讲的聪明，是指有政治远见以及良好操守。而事实上，官场小人绞尽脑汁弄权术，翻云覆雨，将愚且鲁认作聪明。

苏东坡贬黄州五年，快满五十岁了，否极泰来，仕途向他抛出了令人赏心悦目的曲线。他还将被自己的聪明"误"下去，直到停止呼吸。

八

宋神宗起用苏轼的心思由来已久，宰相王珪几番阻挠，神宗未能如愿。北宋政坛，王珪是史家公认的小人，倒不全是因为他在乌台诗案中屡向苏轼下毒手。他以见风使舵出名，巴结术炉火纯青。熙宁年间王安石当政，他巴结王安石胡须上的虱子。虱子爬来爬去，神宗看见了，但没说话。到王安石自己察觉了，伸手捉住它，正欲掐死，王珪忙道：荆公且慢，这是一只不同寻常的虱子！安石奇道：何以见得？王珪摇着圆头说：屡游相须，曾经御览。

这是一则著名笑话。

王珪培植党羽很有一套，有时皇帝也奈何不了他。元丰五年（1082），神宗想让苏轼修国史；六年，想任命苏轼为江宁太守，都被王珪以种种理由拦下。其时朝廷正向北辽用兵，这事就搁下了。元丰七年，神宗动用不轻易使用的"皇帝手札"，不与执政商量，直接下令复起苏轼。复起的第一步，授苏轼汝州团练副使，本州安置。汝州离汴京很近了。

苏轼依依不舍离开黄州。临皋亭涛声依旧，东坡麦苗青青，雪堂的离别酒喝了一茬又一茬……

> 我家江水初发源,宦游直送江入海。

当年在镇江写下的诗句,宿命般画出他的命运轨迹。当官就是马不停蹄,这州三年那州两年的,有时候途中走数月,到任只几十天,又被调走了。于是有了"宦游"这类词语,令人感慨万端。

把宦游列入人类学的研究课题,想必会很有趣。苏轼一生,宦游四十余年,足迹半中国。

元丰七年春,苏轼起程向汝州,陈慥直送他到九江。这位侠肝义胆的眉山青神县汉子,曾七次从他居住的歧亭到黄州看望苏轼,每次往返数百里。他和苏轼气味相投,都是古道热肠。还有一个眉山人巢谷,也值得浓墨重写,他行事很神秘,苏轼倒霉的时候他总会现身,苏轼得意了,他又飘然而去。

这次苏轼赴汝州,巢谷提前数日离去,交给苏轼一个祖传药方"圣散子",叮嘱说,千万不可示人,但关键时刻可以一用。苏轼并未十分在意,他这些年收集的药方多了。

几年后在杭州,这"圣散子"救活了成千上万的疫病患者。苏轼万分感激巢谷,却不知巢谷身在何处。

苏轼现在到了九江地面,陈慥返回,大和尚参寥前来迎接,陪苏轼畅游庐山。山中盘桓多日,诗人哲人合而为一,名山得了名诗《题西林壁》:

横看成岭侧成峰,远近高低各不同。
不识庐山真面目,只缘身在此山中。

诗人看山峰却看见人世了。寥寥数语,说尽多少事。

人生就是不断地总结、领悟、参透,千思量万琢磨懂得了一点道理,却已两鬓斑白,再是喜悦也难掩苍凉。

金陵的王安石正苍凉着,变法大业未竟,备受小人折磨,儿子死了,他伤心归故里,隐居于半山，骑驴瞎转，口中不停地念叨着谁也听不清的言语。也许是念叨受苦受难的天下苍生吧，为他的变法失误深自忏悔。

听说苏轼要来，王安石激动了好几天。他亲自到江边迎接，苏轼登岸施礼，说：轼今日野服拜见大丞相！王安石执苏轼的手笑道：礼数是为我辈而设的吗？二人大笑，一句话胜千言，泯去旧日的恩恩怨怨。

王安石苏轼，携手游金陵，促膝交谈不知疲倦。历史、文学、国事、家事，虽然时时有争论，友情却暗生，并且迅速走到阳光下。王安石迫切希望苏轼卜居金陵，朝廷那边由他说去。苏轼感动了，辗转几处买田，皆不如意，只好辞别荆公。

王安石又送别，望着苏轼远去的背影喃喃自语："不知更几百年，方有如此人物！"

历史巨人的话，分量当然不轻。

苏轼的价值，王安石是第一个认识到的人。欧阳修对苏轼的评价仅限于文学。而在王安石眼中，苏轼是政治奇人、文化伟人。

苏东坡造访金陵期间发生了一桩惨事：未满周岁的遁儿夭折于舟中。王朝云悲痛欲绝。东坡写诗哀号：

> 吾年四十九，羁旅失幼子。
> 幼子真吾儿，眉角生已似。
> ……
> 我泪犹可拭，日远当日忘。
> 母哭不可闻，欲与汝俱亡！
> 故衣尚盈架，涨乳已流床。
> 感此欲忘生，一卧终日僵。

刚满二十四岁的年轻母亲王朝云，其状之惨，谁也不忍心去详细描述。

也许是由于丧子之痛，也许是黄州诗意生活的习惯性诱惑，苏东坡有了买田隐居的念头。这念头一动，立刻招来八方邀请，范镇请他去许昌，王巩请他去扬州,张方平请他去南都……古人讲究千金卜居,千金择邻,有苏东坡这样的人做邻居,真是一种幸福。东坡分身乏术,为难了。老朋友蒋之奇力邀他去常州,到宜兴的一座山中买田,他去了,买下一块可年供八百石谷子的田地。有了这块地,一家十几口,吃饭是不成问题的,而且他还有退休金。

于是东坡两上《乞常州居住表》,恳请朝廷批准。

过了数月,朝廷终于批准了他的请求,他的欣喜溢于言表。书法兼随笔名作《楚颂帖》是此时写下的:

吾性好种植,能手自接果木,尤好栽橘。阳羡在洞庭上,柑橘栽至易得,暇当买一小园,种柑橘三百本。屈原作《橘颂》,吾园若成,当作一亭,名之曰楚颂。

苏东坡性好种植，他当年回老家丁忧，曾手栽青松三万棵。今日眉山市东坡区土地乡的苏家陵园，犹见千亩松林。夏秋风大时，"短松冈"松涛阵阵。

《楚颂帖》与书于黄州的《寒食帖》，是苏东坡书法的两大代表作。后者的真迹现藏于台北的故宫博物院。

东坡另赋《菩萨蛮》云：

> 买田阳羡吾将老，从来只为溪山好。来往一虚舟，聊从造物游。
>
> 有书仍懒著，水调歌归去。筋力不辞诗，要须风雨时。

阳羡即宜兴，东坡待在这地方，溪山美朋友多，杭州、扬州、金陵等地的朋友往来很方便，活动半径大，日常韵味足，具有相当完整的"生活世界"。它对东坡的吸引是不言而喻的。另有一层，是为王朝云考虑：家庭生活安定了，不复舟车劳顿忽东忽西，她或能再生一个孩子，重新做母亲。

东坡为自己，也为家人勾勒了未来生活的图景。

然而朝廷又生大变故，刮起了新政旋风。苏东坡在常州忙着规划栖居，这旋风移动速度奇快，很快刮到他头上了，刮得他离地三尺随气流飘荡，手中的规划图不知飞向何处去。

宋神宗驾崩，小皇帝哲宗只有十岁。高太后摄政，改年号为元祐，显示出对仁宗嘉祐时代的强烈向往。

高太后发起"元祐更化"，找谁来辅佐她呢？

洛阳的独乐园里，一位老者埋头写巨著，转眼便是十五年。这老者就是司马光，王安石的老对头。关于独乐园，宋人笔记多有描述，它既是史学中心，又是隐形的政治枢纽，各类政要连年穿梭其间。司马光字君实，人称温公。他是公正而温和的大人物，同王安石一样，不近女色，平时有点不苟言笑，但并不呆板。有个关于他的幽默故事：他夫人上元节想到街上看灯，临走时跟他打个招呼。他说，家里不是有灯吗？夫人笑道：街上人多热闹，名为看灯，实为看人。司马光眼皮子一翻：莫非老夫是鬼呀？夫人顿时乐了，出门后跟其他贵妇嘀咕，这故事很快传遍了洛阳。

在一般百姓眼中，司马光几同圣人。他到京城，若是被人发现了，一定会发生交通堵塞。王安石熙宁变法，由于来势太猛而祸及城乡，所以民众对马司光寄予厚望。

司马光组内阁，上表推荐人才，苏轼赫然在册。另一个宰辅大臣吕公著，也向高太后推荐苏轼。高太后真是喜上眉梢。喜从何来？她一向对苏轼青眼有加，只是碍于神宗，不便插手朝政。神宗一去，她垂帘听政，正考虑用什么方式起用苏轼，却接到两个重臣不约而同的推荐，她不高兴谁高兴呢！由于她夹带了一点私心，不便立刻重用苏轼,因此司马光、吕公著的荐表,来得正是时候。

高太后下旨,任命苏轼知登州军州事,掌军政大权。苏轼领旨谢恩,但在给朋友的书信中,他反应平淡:"一夫进退何足道。"他调整心态,撇下刚买的宜兴田产,隐藏了苏东坡,而让"屡犯世患"的苏轼再度登场。

前路说不准,但总得上路吧。举家掉头向山东。走了三个月,苏轼到登州任上仅五天,新的任命复至:升苏轼为礼部郎中。全家人床还没睡熟呢,又起程了。

不过苏轼动作快,在登州任上五天里干了两件大事:请求朝廷变更当地的军事部署,废除食盐专卖。后者源于他的一贯主张:民间贸易自由。盐、铁、酒、茶的专卖他都反对,而且走到哪儿反对到哪儿,手中无权就挥动诗笔。他的终极政治理想是富民强国。

伟人的掉头何其干净利落!至于归隐田园,

以后再说吧。

他还抽空到海边看了海市蜃楼,写下长诗《海市》。

刚到京师,他升为中书舍人,在宰相手下干活。半年后,再升翰林学士知制诰,负责起草圣旨,官三品。升迁如此之快,百官为之瞩目,苏轼自己也已晕头转向。他刚五十出头,就居翰林院要职,这不是明摆着要当宰相吗?中唐及北宋翰林院,均被视为储备宰辅之地。而苏轼具备宰相的才能,宋仁宗早在二十多年前就讲过了。司马光年迈,身体又不好,君实一旦退下,子瞻定会补缺……朝廷这些议论,其实对苏轼不利。还朝不到一年,他就成为舆论的焦点。于是拆台的小人出现了,由小人的逻辑所推动,站到苏轼的对立面,与他百般纠缠。

苏轼回汴京三年多,避小人如避苍蝇。然而苍蝇一直盯着他,围着他嗡嗡叫。

当时政局复杂。司马光主政,朝着"贤人政

治"的方向努力,他德高望重,庶几能够控制局面。高太后支持他恢复仁宗朝的旧制,毕竟仁宗在位四十二年,治理国家有一整套成功的经验。司马光勤勤恳恳,呕心沥血,几至豁出老命,一心要让国家走上正轨。不过他犯了一个走极端的毛病:尽废熙宁新法。他外表温和,但内心与王安石一般固执。王安石的新法实施近二十年,有些明显失败了,却也不乏成功的例子,司马光一概推倒,有害于朝廷法度的连续性,不利于官员团结。朝廷各部门的许多官员是"熙宁人物",他们嗅到了危险,必定联手反抗。

掌枢密院(枢密院在兵部之上)的章惇跟司马光正面为敌,毫不示弱。这个章惇也是北宋一大怪才,有时像英雄,有时像魔鬼。他敢当着太后的面对司马光大吼大叫。司马光称:免役法有五害。章惇上书几千言,力加驳斥,不给司马光一点面子。二人闹到太后的御座前,章惇竟然咆哮:"他日安能奉陪吃剑!"他牛高马大的,咆哮有如狮子吼,有记载说,连老虎都怕他。然而司马光面色凝重,不予理会。这位目光能穿越千年的历史高人,其"内力"怎会在章惇之下。

苏轼跟章惇是同年进士,在凤翔曾有过交游。乌台诗案中,章惇在紧要关头呵斥宰相王珪,对此,苏轼一直铭记在心。现在苏轼十分为难。宰相府、枢密院,他两边走动,试图缓解政府首脑与军事首脑之间的矛盾。

更麻烦的却是,苏轼和司马光政见又不合了,苏轼不同意尽废熙宁新法。原则之争,苏轼不让步。当年苏轼反对王安石,位卑职小的他已经跳得很厉害,眼下他位高权重,把司马光弄得非常头疼。议事每每不合,温公渐渐看苏公有些不顺眼了。

苏轼的性格也令司马光不愉快。大臣们聚集的场合,一般都听政府首脑讲话,苏轼却要嚷:温公不能让我等说几句吗?司马光回答:好,你讲吧,我不讲。苏轼当仁不让讲起来了,司马光却慢慢朝屏风后或花园走去。

苏轼回家，犹自气呼呼的，半夜还在嘀咕：司马牛，司马牛！

王安石人称拗相公，司马光又是司马牛，苏轼怎么办呢？难办。

司马光执政不足两年，由于劳累过度，几乎是死在办公桌上。高太后大恸。雄心勃勃的"元祐更化"、大力推行的"贤人政治"失掉肱股之臣。她再有能耐，要镇住七翘八拱的百官、派系林立的政局，也力不从心了。

荆公、温公都是说一不二的铁腕人物。而封建政权的格局，要么有独裁皇帝，要么有铁腕大臣，否则就镇不住朝堂，管不了百官。司马光去世，高太后痛哭，她哭的正是这一点。有学者称高太后为"女中尧舜"，她有尧舜之心，却无尧舜之力。也许她真有过让苏轼当宰相的念头，但政治这东西讲究"势"，时殊势易，苏轼备受小人的围攻，"谤书盈篋"，她不得不摁下自己的，也许含有某种私心的念头。

前面提过,高太后是苏轼诗文的忠实读者。她年轻守寡,独居深宫若干年。苏轼每有新词,她必吟诵再三,安排宫中乐人演唱。事实上,这也是几十年来大宋皇室的一个传统,后来又传到了徽宗、高宗、孝宗。宋孝宗视苏轼为隔代知己,几乎精读了苏轼卷帙浩繁的所有著作。

司马光去世的另一个后果是:攻击苏轼的小人空前活跃。以致高太后迫于形势,不得不在京城之外为苏轼安排一桩美缺。

元祐初年(1087)前后,苏轼在汴京日子滋润,他长胖了,有了肚子。他个头本不矮,身材照样有型。苏辙也做京官,高而瘦。苏轼《戏子由》说:

常时低头诵经史,忽然欠伸屋打头。

两兄弟同受太后的恩典。两家人又住得近,

抬腿就到了；两家人口合起来有几十口之多。苏辙的妻子史夫人，生女孩儿差不多生了一打，每次分娩都格外紧张，巴望是男孩儿，却每次又都是女孩儿……苏辙说：没事，没事，女孩儿挺好的呀。

眼下的苏辙有了北方口音。苏轼则一直讲西蜀的眉山话。

苏轼自创一种帽子，高筒、短檐，不知戴了几回，全城就都流行起来了，呼为"子瞻帽"。京城的儒生，外地的考生，几乎没有不弄一顶子瞻帽盖在头上的。一般后生乃至中年男人亦皆仿效，每逢节日，清一色的子瞻帽流动于大街小巷。皇宫里伶工演杂戏，两个优伶各戴子瞻帽，互相夸耀学问，小皇帝扭头看苏轼看了很久，高太后抿嘴笑笑。

司马温公之后，苏子瞻是全国首屈一指的大名士。他下班回家，有个摩腹的养生动作，下人开玩笑，说他的肚子里全是文章。唯有王朝云说：

朝士一肚皮不合时宜。

苏轼大笑。

欧阳修之后,苏轼是公认的文坛领袖、书画宗师。苏轼门庭若市,车如流水马如龙,翰林大学士,如沐春风。宫中太监老往苏宅跑,太后的赏赐之物一件接着一件,小到一包茶、一盒酥,大到一匹马、一盏堆金砌玉的金莲烛。如此显贵的门第,能进去喝杯茶就足以炫耀于人了。士大夫的信条:能处富贵,能安贫贱。谁是楷模呢?当然是苏轼。对寒士他有求必应,对达者也尽量帮忙。有关这些方面的资料多证据足,宋人一千多种笔记,很难找到一种不提苏轼的。

秦观、黄庭坚这样的大文人,不过是苏轼的门下士;米芾、李公麟这样的大书法家大画家,俱为他的子侄辈和追随者。高太后的女婿王诜、张方平的女婿王巩是他的忘年交、终生好友。现存于眉山三苏祠博物馆的《西园雅集图》,见证了北宋文苑艺坛的一桩盛事:画面上十六个人,全是名噪当时的人物，在王诜的豪华府第雅集，或书、或画、或弹琴、或与美姬交谈。穿黄色道袍居中而坐的是苏轼，正运笔写字。身后名流闲观、佳丽翘首。

王诜有一房宠姬，名叫啭春莺，美艳绝伦，苏轼也为她倾倒，写《满庭芳》赞美她。王巩更有意思，他是名相之孙、名臣之婿，从小娇生惯养，却因乌台诗案受牵连，被贬到了广南蛮荒瘴疠的柳州，一去十年，学苏轼泰然处之，居然做到了，俨然是苏门嫡传弟子。王巩的漂亮侍妾，复姓宇文，名柔奴，一直跟随他身边，受苦受累毫无怨言。苏轼很感动，特为柔奴写一阕《定风波》，下阕说：

万里归来年愈少，微笑，笑时犹带岭梅香。试问岭南应不好？却道，此心安处是吾乡。

"此心安处是吾乡"，原是柔奴的句子，苏

轼身边的一个人默默记下，并与柔奴成了一见如故的好友。她就是二十五岁的王朝云。

女子不变节，男人却会变脸：画《西园雅集图》的李公麟，后来露出了另一副嘴脸——苏轼倒霉南迁，他在大街上遇见却装作没看见，以扇遮面而过。苏轼一笑置之，不当回事。

苏轼说："吾眼前见天下无一个不好人。"

苏轼在汴京的文字佳作不多。以前也这样。京师的富贵荣华，难以激起强烈的艺术冲动。写字画画倒常有。书画风雅事，于生命冲动的诉求比之文字稍逊一筹。他变成了文艺理论家，分析自己的作品说：

> 吾文如万斛泉涌，不择地皆可出。在平地滔滔汩汩，虽一日千里无难。及其与山石曲折，随物赋形，而不可知也。所可知者，常行于所当行，常止于不可不止，如是而已矣。其他虽吾亦不能知也。

这段文字，是古典文论的经典。苏辙感慨地说："辙虽驰骤从之，常出其后。"做弟弟的，怎么追也追不上。哥哥的身影永远在前边。

苏轼说："某平生无快意事，唯作文章，意之所到，则笔力曲折，无不尽意。"这话值得玩味。写文章是与造物同游，描绘自然诉说人事，天风海雨汇于笔下，以一人体验千万人，等于让个体生命无限延伸。深谙世间乐事的苏轼，把写作行为推向生存体验的制高点。

写作与语言同在，而语言是"存在"的家，隐藏着生活的全部密码。

苏轼论画云：

> 论画以形似，见与儿童邻。

绘画的重神似，他是先驱者之一。又云：

> 诗不求工字不奇，天真烂漫是吾师。

好个天真烂漫！

他写字用的笔、纸、砚、墨十分考究。索字的人太多，他不轻易动笔了。不过，朋友以至于朋友的朋友，都知道他有两个弱点：一是见不得好纸墨，见了手会痒；二是请他喝美酒，醉后必有醉书。比如送他南唐李煜常用的澄心堂纸，他必定眼睛发亮，呼笔墨伺候。他爱用的笔叫"张武笔"，现已无考。

翰林院有个姓韩的同僚，更有绝招：凡事不面谈，专门给苏轼写信交流，意在得到苏轼的亲笔回信。

黄庭坚说："蜀人极不能书，而东坡独以翰墨妙天下，盖其天资所发耳。"

苏轼自己讲书法的感觉："仆醉后，乘兴辄作草书十数行，觉酒气拂拂，从十指间出矣。"苏轼的书画真品，现珍藏于海内外的，有四十六件。

九

元祐四年（1089），苏轼出任杭州太守，锦衣玉食的日子在人间天堂得以延续。当年的通判，现在的龙图阁学士兼地方大员，已然飞黄腾达。重游西湖，"不见跳珠十五年"。但苏轼这个人，为官是要做事的，绝不会忙着去享受。他有巨大的名望，有高太后这样的后台，即使做个享乐型的庸官，谁会责怪他呢？以官场进退术来看，他做庸官对自己更有利，京城那帮争名夺利的小人将不复记挂他。相反，他做出成绩了，小人则不会放过他。他这种正人君子，一旦当宰相统率群僚，贪官庸官将无法立足。木秀于林而风必摧之。苏轼的悲剧，也许正源于此。

江南好山水，好茶、好酒、好女人，苏轼也欣赏，也享受，却严格限于忙完郡务之后。在杭州任职一年半，他治运河，开六井，浚西湖，筑苏堤，设"安乐坊"治病救人，惩治有官方背景的黑帮头目……在临安（杭州）的地方志上写下了重重的几笔。他张弛有度，忙里偷闲游山戏水，居然把办公桌搬到西湖边上，"欲将公事湖中了"。他跟禅宗大和尚佛印比试机锋，与江南名妓琴操较量顿悟，留下的佳话载入《五灯会元》，害得后世文人郁达夫专程到杭州，看完了八卷临安志，未见琴操一段情。

伟人的这一年半，不得了。

当时西湖淤塞过半，苏轼连上奏章请求朝廷拨专款整治。而他的特殊身份——两浙西路兵马钤辖，又使他能调动官兵协同十万民工奋战西湖。为赶工期，他不分昼夜地巡视在工地上，吃民工饭，喝民工水，一点不勉强。

杭州之有西湖，苏轼居功第一。命名、写诗、疏浚，堪称三部曲。难怪杭州人在他活着的时候就为他建生祠，家家户户供他的画像，"饮食必祝"——喝水吃饭皆为他祝福。

过了十年，吕惠卿守杭州，毁掉了苏轼的生祠。

元祐五年，杭州洪涝之后又遇大旱，疫病流行。苏轼手头的宝贝药方"圣散子"派上了大用场。药价相当便宜，一服只收一文钱。苏轼率先拿出五十两银子，带动富豪捐赠，办起了慈善医院，"千钱活千命"——这是他宣传"圣散子"的广告诗，用浓墨写在安乐坊的大门前。可惜他走后，安乐坊只维持了数年，慈善事业后继无人。

高太后召苏轼还京，想委以重任。小人一蹦八尺高，拼命排挤他，官场推手，政治打手，有名有姓的七八个，全冲着他来了。像一群野狼驱赶一头雄狮。太后也无能为力。苏轼还京三个月后，又带领全家人上路宦游了。

接下来的两年多，苏轼出知颍州、扬州、定州。所谓"二年阅三州"。他在三地各有建树，史料确凿，苏轼本人的诗文、书信和奏章，亦可佐证。用勤政爱民这类词来形容他，再平常不过了。他爱民的冲动很持久，有权无权都一样，只不过权力在手，作为更多而已。颍州亦有西湖，苏轼写下著名的五言诗《泛颍》。

苏轼在颍州、扬州各半年后，朝廷告下：苏轼以兵部尚书召还。又兼端明殿学士兼侍读，做哲宗皇帝的老师。此前他已是龙图阁学士，一身而双学士，在宋代的翰林院并不多见。高太后确实器重他，却未必出于私心，他在京城、在地方都干得那么好。苏辙时任门下侍郎，相当于副宰相。兄弟俱荣耀，"内翰外相"，有些个官员非常紧张：这不是把持朝政了吗？苏轼或苏辙有朝一日真的当上宰相，他们必定倒霉。于是，这些人条件反射般地动起拳脚，先下手为强。苏轼还在从扬州到汴梁的路上，种种诬陷就像箭一般飞向他了。

入京后，他请辞兵部尚书，高太后倒是恩准了，却让他担任礼部尚书。他再辞，乞一郡，比如出知越州，太后不允。苏轼惧怕谣言，可是有太后在呢，一切替他担着。

苏轼硬着头皮上，专心一件事：做帝王师。

宋哲宗已长到十七岁，快要亲政了，但还没有具体的时间表。小皇帝很不耐烦，每次上朝，太后在前他在后，他抱怨说："朕只见臀背。"这少年有心理疾病。凡高太后宠信的人，他都不喜欢。苏轼煞费苦心准备的课程，他听得心不在焉。侍读的地方叫迩英殿。教皇帝读书称"经筵"。苏轼教哲宗始于元祐初年，是小皇帝的老师傅了，却是越教越艰难。想让皇帝学习唐太宗，这发育迅速的男孩儿却迷上汉武帝：大权在握，后宫数万……哲宗小小年纪，对女色的经验已积累了不少，宫中猎艳频频得手。苏轼在这边绞尽脑汁，他在那边与宫女滚作一团。

苏轼只能仰天长叹。子由劝哥哥说：我们尽力就行了，只求问心无愧。

而苏轼想得很远。做帝王师是古代士人的最高理想。教出一个好皇帝，胜做百年好官。

苏轼对哲宗一筹莫展。哲宗身上始终笼罩着高太后的影子，他不可能摆脱这影子。一切努力均被它抵消。偏执少年阴郁的目光，盯着影子不放，却又不明说。

苏轼晚年的命运被三个人所决定，一为高太后，二为宋哲宗，第三个是大魔头。

大魔头现身之前，先有口齿锋利的小喽啰围咬苏轼，从元祐初咬到元祐末。此系史家公论，并不是笔者感情用事。贾易、赵君锡、黄庆基、张商英等十余人，因围攻苏轼而名留史册。乌台诗案之后又有竹寺诗案。神宗去世两个月，苏轼于扬州竹西寺题诗：

此生已觉都无事，今岁仍逢大有年。
山寺归来闻好语，野花啼鸟亦欣然。

皇帝死了，苏轼居然"闻好语"，这是什么性质的问题？小人拿这个说事了。当时苏轼从贬谪之地黄州起复，沿途访旧看田，心情不错，流露笔端，却让贾易、赵君锡捏了把柄。事情闹得很大,高太后直接干预,苏轼才躲过一劫。

苏轼做地方官一般没事,回朝廷就总有麻烦。眼下他的一大罪名是:结党营私,推荐蜀人及门下士做官,形成所谓蜀党。

元祐八年(1093)的四五月,谏官黄庆基等,连上七个奏章弹劾苏轼,小人反指伟人是小人,其中说:"苏轼天资凶险,不顾义理,言伪而辩,行僻而坚。故名足以惑众,智足以饰非,所谓小人之雄,而君子之贼者也。"应当承认,这以君子自居的黄姓小人,言辞功夫不差。

朝廷沸沸扬扬了,欲巴结苏轼者,转过身去磨刀。然而宰相吕大防一改平时的面团形象,站出来主持了一回公道。高太后乘势发力,罢免了黄庆基。苏轼苏辙松了口气。蜀人门士雀跃欢呼。可是天有不测风云,这一年的夏末、中秋,苏轼生命中两个极为重要的女人仿佛携手而去:王闰之病逝,高太后骤亡。

高太后临终前,安排苏轼出知定州。

苏轼在接踵而来的悲痛中起程。按惯例，他离京前要面辞皇帝，哲宗却找借口不见他。

苏轼仓皇出京赴任所。定州是当时的军事重镇，苏轼干了一年多，军政两摄，渐渐理出头绪。朝廷没动静，他安下心来。哲宗毕竟是他多年的学生，虽然离京时没见他，却命人塞给他一包茶叶。苏轼品御赐好茶，品出了师生情谊。

苏轼一家子，就在定州待下吧，干到致仕的那一天，迁江南宜兴定居。苏轼还对王朝云许愿，要带她去老家眉山看看，在二老及王弗的墓前上香烧纸。

前景不错，至少过得去。长子苏迈，讨欧阳修的侄孙女为妻，并已踏上仕途，现任常州某县的县尉。眼下的苏轼五十九岁了，也许再过半年就能退休。就他永远高涨的生活热情而言，退休后的生活应该更像生活。

这时候，大魔头现身了。大魔头不是别人，却是苏轼近四十年的老朋友章惇。

章惇害苏轼，苏轼可能至死都想不通。学者们也有疑问。章惇害苏轼，好像理由不够充分。这人怎么回事儿，专拿朋友动刀？他当年不是挺身而出救过苏轼吗？哲宗亲政，改元绍圣，清除了一批元祐骨干，本无意对苏轼发难。章惇做宰相，却把矛头直指苏轼。也许他的动机是除掉这个潜在的政敌、宰相位的竞争者。

章惇是蛊惑力极强的人，玩小皇帝于股掌之中。他是父亲与其岳母私通的产物，一辈子心怀鬼胎。他年轻时高大威猛，和京师贵妇鬼混，贵妇开玩笑提到他的出身，他立刻翻脸要用绢丝勒死她。凤翔有鬼屋，几十年闹鬼，无人敢进去，章惇却进鬼屋住了三天三夜，屁事没有。鬼都怕他。苏轼曾拍着他的背预言：子厚（章惇字子厚）日后能杀人！

殊不知，时隔三十余年，章惇的屠刀架到了苏轼的脖子上。

绍圣元年（1094）四月，朝廷告下：苏轼责知英州军州事。

按宋制,"责知"某地,马上就要启程,不像迁升可以磨磨蹭蹭。一夜间全家卷铺盖上路。走出几百里,第二道命令又至:降为从六品官。走到南都城外,苏轼写信给朋友说:"某蒙庇粗遣,且夕离南都……英州之命,未保无改也。凡百委顺而已,幸不熟虑。"

果然,六月走到当涂,第三道谪命来了:苏轼,责授建昌军司马,惠州安置,不得签书公事。

苏轼被降为罪臣,六品官、两学士及相应的俸禄一律取消。这些都是章惇所为。这个超级政治打手,出手异常凶狠,务必要让挨打的人趴下,再也直不起腰。苏辙同样被章惇赶出了汴京。

"兄弟俱窜"。秦观、张耒、黄庭坚等"苏门学士"均遭贬黜。

苏轼面临着万里投荒。他的抉择是:带苏过一人远赴贬所,翻过大庾岭到惠州。苏迨带领其他眷属到宜兴去,和苏迈同住。家人不同意,但苏轼态度坚决:这事没得商量。家人哭成一团。唯独王朝云沉静,她也决定了,和王巩的爱妾柔奴一样,随心爱之人到任何地方,"此心安处是吾乡"!苏轼劝她没用。

苏家的几个家臣家妓,各得若干银两细软,各奔前程去了。所有这一切,就像一台戏。然而什么样的戏剧,能揭示出苏东坡的内心?

九月,苏轼过大庾岭。大庾岭为南方五岭之一,在今之江西大庾县与广东南雄之间,分隔内陆文明与南国炎荒。宋朝不杀大臣,最重的惩罚,就是贬到岭南去。

苏轼在五岭八峰穿行一个多月,山中的遭遇一言难尽。

苏轼十月抵惠州,暂住合江楼,楼下是奔腾的东江。当地官员以礼相待。生活清苦,蔬菜缺,肉更少。惠州是个小城,杂居着汉族、客家族等,当地方言发音奇特,外人听不懂。

苏轼将息数日后,开始用他一贯平和而幽默

的眼光打量周遭了。他在写给苏辙的信中说:"惠州市井寥落,然犹日杀一羊,不敢与仕者争买,时嘱屠者买其脊骨耳。骨间亦有微肉……意甚喜之。如食蟹螯……"写信不谈别的,专说吃羊脊骨的方法,如何炙烤,如何用木针挑出骨间的微肉,给人美滋滋、香喷喷的感觉。末尾却说,这么细致挑吃羊骨,"则众狗不悦矣"。

佛印大和尚则写信来安慰他。这是历代高僧最著名的书信之一:"子瞻中大科,登金门,上玉堂,远于寂寞之滨,权臣忌子瞻为宰相耳。人生一世间,如白驹之过隙,二三十年功名富贵,转眼成空,何不一笔勾销,寻取自家本来面目!……三世诸佛,则是一个有血性的汉子。子瞻若能脚下承当。把一二十年富贵功名贱如泥土,努力向前,珍重,珍重!"大彻大悟的和尚,也给了苏轼一份力量。

苏轼善于向各方借力,不管是在书本上,还是在生活中,融会贯通中国文化的精髓,修炼成钢筋铁骨,却不失血肉之躯。而这向来是佛教的两难、西方哲学家如叔本华的两难:无限的欲望导致无限的痛苦,倒不如冷却成石头。苏东坡不冷却,始终保持躯体的热度和柔软度。他甚至学会了向各种各样的苦难借力。

翻遍史籍,修炼到如此境界的,可能只有苏东坡。冬天,他移居惠州嘉祐寺,写了一篇意味深长的短文《记游松风亭》:

余尝寓居惠州嘉祐寺,纵步松风亭下,足力疲乏,思欲就床止息。仰望亭宇,尚在木末,意谓如何得到。良久,忽曰:"此间有什么歇不得处!"由是心若挂钩之鱼,忽得解脱。若人悟此,虽两阵相接,鼓声如雷霆,进则死敌,退则死法,当恁么时,也不妨熟歇。

这短文,当选入中学生课本。

次年,东坡吃上惠州的荔枝了,欢愉之情掩

不住，挥笔写道：

罗浮山下四时春，卢橘杨梅次第新。
日啖荔枝三百颗，不辞长作岭南人。

他和惠州人打成一片，源于两件事：一是造桥，二是种药。

连接东江两岸的原是一座简陋的浮桥，江流湍急，每年都有不少人落水，被浪头卷走、吞没。东坡建议修桥，惠州官府却苦于拿不出钱来。东坡于是写信给子由，动员弟媳史夫人拿出皇宫多年的赏赐。其实不需动员，东坡开了口，史夫人二话不说，拿出了价值数千金的东西，派人急送惠州。她就这点家当了。

桥成之日，东江两岸全是欢呼声，三日不绝，许多人喜极而泣：东坡先生早一点到惠州该有多好！

东坡写诗描绘盛况：

父老喜云集，箪壶无空携。

三日饮不散，杀尽西村鸡。

而瞅着鸡血遍地，他又心生怜悯，为杀生感到难过。不得已，找到一句安慰自己的话："世无不杀之鸡。"

惠州瘴毒弥漫，常有疫病流行，而当地人不大懂得医药。东坡率先种药，托人从广州买药材。居所前后种满了药材，就像在黄州的东坡种麦子。他还开方瞧病做起了郎中。经他带动，官府宣传，惠州从此药材渐多，郎中渐多。他还推广了"秧马"，一种快速插秧的农具；他替广州人民设计"自来水工程"，大大缓解了广州人民的饮水困难问题。

有人实在不理解他，"无病而多蓄药，不饮而多酿酒"，这是干吗呢？不是有悖人的自私天性吗？"劳己而为人"，莫非其中有啥见不得人的动机？东坡回答，他干这些事全是为了自己：

"病者得药，吾为之体轻；饮者困于酒，吾为之酣适，盖专以自为也。"

他还打坐、炼丹、做美食、酿酸酒、写和陶诗，真够忙的。

他试验独居，不与王朝云同房，却感到十分艰难。服从养生的法则而尝试去欲，是为了活着北归。

惠州府温都监的女儿温超超，因崇拜而热恋苏轼，他软语劝慰。他和王朝云外出转悠，有时单为避开这热烈女子。北方的朋友们书信不断。陈慥致信说，要到惠州来看望他，他回信批评老朋友："彼此须髯如戟，莫作儿女态矣。"

却有苏州的和尚名叫卓契顺的，从江南走到岭南，几千里路，只为送一封家书。卓契顺是苏州定惠院守钦长老的门下弟子，守钦长老正为转送苏迈的信犯愁，卓契顺说：惠州又不是在天上。他揣了信就上路，跋山涉水到惠州，人都走变形了，见了东坡却没甚言语，只一味地傻笑。在场的人无不抹眼泪，倒是东坡视为寻常，问卓契顺想要点什么。卓契顺说，想要一幅先生亲笔写的陶渊明《归去来兮辞》。十几天后卓契顺返回苏州。一切平淡得如花开水流。

然而一朵鲜花却凋谢在惠州。王朝云死于瘴毒。

东坡种了那么多的药，未能挽救王朝云的生命。王朝云死前仿佛有预兆，她老唱"枝上柳绵吹又少，天涯何处无芳草"，唱着，眼泪直流。此后东坡终生不听不书这首《蝶恋花》。

临终前她口诵《金刚经》："一切有为法，如梦幻泡影。如露亦如电，应作如是观。"

有着惊人美丽的王朝云葬于惠州丰湖之六如亭。后世凭吊者络绎不绝。数年前我到惠州，拜谒王朝云墓，为永不凋谢的鲜花献上一束鲜花。

且看东坡为朝云写的墓志铭：

东坡先生侍妾曰朝云，字子霞，姓王

氏，钱塘人。敏而好义，事先生二十有三年，忠敬若一。绍圣三年七月壬辰卒于惠州，年三十四……

王朝云感动了上天，她死后第三天的夜里风雨大作，天亮后，人们在她墓旁发现了五个巨大的脚印。东坡闻讯，带苏过亲往察看，于栖禅寺设供佛事，写《惠州荐朝云疏》：

……既葬三日，风雨之余，灵迹五踪，道路皆见。是知佛慈之广大，不择众生之细微。敢荐丹诚，躬修法会。伏愿山中一草一木，皆被佛光……

三个月后，东坡为王朝云作《西江月》：

玉骨那愁瘴雾，冰肌自有仙风。海仙时遣探芳丛，倒挂绿毛幺凤。

素面翻嫌粉涴，洗妆不褪唇红。高情已逐晓云空，不与梨花同梦。

　　黄州多少欢娱，惠州无限伤悲：

　　驻景恨无千岁药，赠行惟有小乘禅！此会我虽健，狂风卷朝霞。

十

　　人已去，美景空。年逾六旬的老人，还能挺住吗？

　　苏过很孝顺，东坡给朋友的信中多次表扬他。老人的饮食起居，"独过侍之。凡生理昼夜寒暑所须者，一身百为，不知其难"。东坡的儿子、儿媳妇、朋友、学生，无不感染他的气息，受他的影响。

　　有趣的是，章惇派个与苏家有世仇的人到广州做官，想借刀杀东坡。这仇人却慢慢变成了东坡的好朋友。贬惠州的第三年，东坡在白鹤峰营造新居，打算长住。长子苏迈带着东坡的三个孙子以及苏过的妻儿到惠州来了。新居落成，官民同贺，一家子其乐融融。

此间东坡情绪好，又展露仙容了，欣然命笔：

白头萧散满霜风，小阁藤床寄病容。
报道先生春睡美，道人轻打五更钟。

这首题为《纵笔》的小诗传到京师，大魔头笑道：苏子瞻还这么快乐吗？贬他到海南儋州去。

一纸令下，东坡全家再次恸哭于江边。白鹤峰的新居才刚住了两个多月。

苏东坡携苏过从广州下船，行至滕州与苏辙相会，兄弟盘桓二十天分手，竟成永诀。子由此时被贬到了广东南端的雷州半岛。

嗟余寡兄弟，四海一子由。

这份兄弟情足以成书。

东坡贬惠州，两年零七个月。传说东坡过海，船上放着一副空棺。

儋州比惠州更荒远，《儋县志》说："盖地极炎热，而海风苦寒。山中多雨多雾，林木阴翳，燥湿之气不能远，蒸而为云，停而为水，莫不有毒。"

长途水路颠簸，老人到贬所就病倒了。病稍愈，杜门默坐。他写道："至儋州十余日矣，淡然无一事，学道未至，静极生愁。"

可是没过多久，他对这地方有了新的感受，《书海南风土》云：

岭南天气卑湿，地气蒸溽，而海南为甚。夏秋之交，物无不腐坏者。人非金石，其何能久？然儋耳颇有老人，年百余岁者，往往而是，八九十者不论也。乃知寿夭无定，习而安之，则冰蚕火鼠，皆可以生。

东坡喜欢吃肉，但儋州无肉可吃。本地人吃老鼠、蝙蝠、蜈蚣。苏辙到雷州，因东西吃进去又呕吐出来，体重骤减。东坡寄语老弟，说自己也能吃熏鼠了，体重反而有所增加。

蝙蝠、蜈蚣之类，以老饕餮自居的东坡，大约也要尝尝吧？

他居住的地方是几间破官舍，比杜甫的茅屋更糟糕，不仅漏雨，而且漏树叶。一天早晨，他在风雨中醒来，满身都是湿漉漉的黄叶。儋州太守张中，实在看不过去，冒着暗助罪臣的风险，找借口用官钱修缮了破官舍。后来张中因此获罪，掉了官帽。

儋州人懒得开荒种稻，以薯芋为主食，和锅煮，顿顿如此。吃惯美食的东坡尽量每顿吃饱。而岛上一度闹饥荒，海上数月风波险恶，琼州（今海口）的粮食运不过来。东坡父子练龟息法，将食量减到最低，朝初升的太阳做深呼吸，要将热能化为体能。这叫"阳光止饿法"，据说还有效。

居无所，食无肉，出无友，读无书，写字作画没纸墨。张中又帮他，向他介绍当地的黎族朋友做翻译，沟通言语。东坡学海南土语，黎人学他用眉山语音讲的"官话"。时至今日，海南儋县仍有两个村庄讲眉山话。

东坡性好动，没朋友会很难受。黄州是这样，惠州儋州亦如此。他终于有了几个朋友，其中像黎子云兄弟，几乎每天见面，你来或我往。有一天东坡外出串门喝下几杯酒，归家迷路了。当地民居看上去都差不多，家家户户的围栏几乎一模一样，形同迷宫。他吟诗说：

半醒半醉问诸黎，竹刺藤梢步步迷。
但寻牛矢觅归路，家在牛栏西复西。

有个七八十岁的老太太，常看东坡不眨眼，一日，忽然说："内翰昔日富贵，一场春梦。"东坡从此亲切地称她"春梦婆"。

他沾酒就上脸。小孩儿觉得他好奇怪,争看他,追赶他。他扭头一笑,诗已出口:

寂寂东坡一病翁,白须萧散满霜风。
小儿误喜朱颜在,一笑哪知是酒红。

他当然不甘寂寞:

溪边古路三岔口,独立斜阳数过人。

海南常有雨,忽来忽去的。黎人送他斗笠和木屐,走路吧嗒吧嗒,斗笠遮去漫天风雨。他在黄州时作有名篇《定风波》:

莫听穿林打叶声,何妨吟啸且徐行。竹杖芒鞋轻胜马,谁怕?一蓑烟雨任平生。
料峭春风吹酒醒,微冷,山头斜照却相迎。回首向来萧瑟处,归去,也无风雨也无晴。

对所有逆境中人而言,《定风波》宛如一颗定风丹。"也无风雨也无晴",这境界不易学。它是人类巅峰人物的寻常体验。

当时有无名画家作《东坡笠屐图》,太感人了,观者欲掉泪时,却又不自觉地微笑。

孔子、庄子、陶渊明,连同一地风俗、满目黎庶,全在苏东坡的身上。

道士吴复古,飘洋过海看他来了。眉山人巢谷,和东坡自黄州一别十几年,从家乡起程,以七十老翁之躯,千里迢迢赴岭海。东坡富贵时,巢谷总是在别处。巢谷简单的行囊中又不知藏着什么类似"圣散子"的灵丹妙药。他绝不能让东坡死于瘴毒。可他筋疲力尽走到了梅州,缓得一口气又向海南,却累死在新州道旁。东坡、子由闻噩耗,相隔数百里,同声恸哭。

巢谷亦如三苏父子,是眉山人永远的骄傲!

太守张中果然掉了官帽。一帮狗衙役将东坡赶出了官舍,父子接连几天吃住于污池旁。不得已,桄榔林下草草盖房子,东坡为之命名"桄榔庵"。黎族父老兄弟,数十人来帮忙,他们头上没有官帽,不怕得罪远在京师的凶神恶煞。史料显示:东坡在儋州,章惇也不放过他。"时宰欲杀之",故事还充满悬念。

然而苏东坡居然开始讲学了,皇帝的老师,转而教诲黎家子弟。椰林深处书声琅琅。色土为墨阔叶作纸,教材却在东坡先生脑海中——这才叫脑海呢。我们这些人的,只能叫"脑溪""脑河"吧?

苏东坡居海南,教出了海南有史以来的第一个进士:姜唐佐。这里却有辛酸故事:唐佐原是琼州人,过海求学,临走向先生乞诗,东坡写下两句:

沧海何曾断地脉,朱崖从此破天荒。

并许愿说,等唐佐考上了进士再写后两句。

后来唐佐高中,先生已在九泉。苏辙续写成篇:

> 锦衣他日人争看,始信东坡眼力长。

中国诗歌史,这悲喜故事绝无仅有。

好官张中要被调走了,他与东坡父子情深,迟迟其行。临走那一天,他不睡觉,和东坡通宵坐谈。他原是军人出身,而兵学乃苏氏家学之一,言语投机,不知东方之既白。

朝廷又起变故。宋哲宗二十几岁就一命呜呼,大概是纵欲过度,以身屡试那把东坡讲的"伐性之斧"。徽宗上台,章惇随之失势,也被贬到雷州去了。弹劾章惇的谏官,是一个叫任伯雨的眉山人。

朝廷又想起了苏东坡。公元 1100 年六月,东坡得以奉诏北还,离儋州,数百黎人哭送于海边。惠州、梅州(子由贬谪地)、常州的亲人们也在哭,只不这是喜极而泣。

八月，东坡走到广西桂林，却收到秦观的死讯。东坡最得意的弟子英年早逝，老师欲哭无泪，数日食不下咽。一路伤心，慢慢将息。九月抵广州，逗留四十天后上路，吴复古得讯追赶他。这个一生以道路为家的道士却死于道路。东坡旧悲未去再添新伤。

次年四月，东坡抵江西南昌。南昌太守叶祖洽开玩笑问：世传端明（学士）已归道山，今尚游戏人间耶？东坡答：途中碰上章惇，暂回来啦。

说章惇，倒遇上章惇的儿子章援，带着一封千字长信呈给东坡，言词诚恳，希望东坡登相位后放过他父子。东坡就地回复，也是一封长信，提及章惇时说："某与丞相定交四十年，虽中间出处稍异，交情固无所增损也。闻其高年，寄迹海隅……"

书信背面还写了专治瘴毒的药方，荐与章惇备用。

六月中旬，船行于运河赴常州，两岸百姓上

万人争睹东坡的风采。他头戴小帽,身穿小背心,坐在船舱里,环顾左右说:"莫看杀轼否!"

江南百姓,祝他早日做丞相,造福于天下。官员中也盛传他将出任宰辅。

七月,船舱里异常闷热,东坡腹泻。老友钱世雄及儿孙在他身边。抵常州登岸,居城里一个朋友家。他曾在常州买过一所房子,却听街上的一位老太太哭儿子不孝卖掉祖业。细问之下,方知原来自己正是买主,于是把房子退还老太太,购房款也不要了。

现在,病转沉重的东坡,住进朋友家。三个儿子迈、迨、过,环侍病榻。他长时间瞅着一幅画,那是李公麟为他画的像,旁边有他的题诗:

心似已灰之木,身如不系之舟。
问汝平生功业?黄州惠州儋州。

这样的诗,令我们无言。一切解释都是皮毛。

九死南荒吾不恨，兹游奇绝冠平生。

　　这是他对惠州儋州五年生活的总结。加黄州恰十年。

　　七月十三日，东坡病况好转，次日又高烧，热毒大作。他强撑病体写《与钱济明书》："某一夜发热，不可言。齿间出血如蚯蚓者无数，迨晓乃止，困惫之甚。细察疾状，专是热毒，根源不浅，当专用清凉药。已令用人参、茯苓、麦门冬三味煮浓汁，渴即少啜之，余药皆罢也。庄生云在宥天下，不闻治天下也。如此而不愈，则天也，非吾过矣。"

　　十八日，自知难起，唤三子于床前，说："吾生不恶，死必不坠（地狱）。"

　　二十七日，恶化。面壁饮泣。不肯转身向亲人。

　　杭州径山寺长老维琳赶来了，俯到他耳边大声道："端明宜勿忘西方。"

　　东坡答："西方不无，但个里著力不得。"

钱世雄喊:"至此更须著力!"

东坡闭目答:"著力即差!"

钱世雄还要问:"端明平日学佛,此日如何?"

东坡答:"此语亦不受。"

东坡溘然长逝,时为1101年七月二十八日。

我不知道用什么词可以形容苏东坡的死。我想到了黑洞。其黑洞般的精神伟力,足以吸引我们这个蓝色星球上的万物之灵。

举国震悼不消细述。东坡的弟子李廌在祭文中说:"道大莫容,才高为累。皇天后土,鉴生平忠义之心;名山大川,还千古英灵之气!"

东坡诗存二千七百首,词三百余阕,文数千篇,包括一千七百封书信。这要部分归功于宋代印刷术的发达。

北宋以后读书人,没有不读苏东坡的。

东坡尚有学术巨著《东坡易传》及《论语说》,后者未能传世,是中国文化一大损失。东坡读孔子,会读出一些什么呢?生活的大师,对过于严肃的儒学圣人会有哪些重要的补充？

我个人对苏东坡总的印象是：他能看见生活。

看见生活不容易，小到柴米油盐，大到国家、历史。换句话说，他具有总体把握生活的能力，纵向千年，横向万里。他既能看见普通人眼中的生活，又能看见普通人看不见的生活。不论宏观微观都胜人一筹，所以，他是生活的大师。他对生活永不衰减的热情和无穷无尽的想象力，在今天已构成巨大的谜团，并且有可能还未被解开就自动隐匿了。

如果他的丰富正好对应我们的贫乏的话，那么，对他的研究、靠近就只能说才刚刚开始。

苏东坡看见的生活，能通向现象学家胡塞尔的"生活世界"么？笔者尚蒙昧，只模糊感到，全球化令我们逼近工业生产模式的"生活世界危机"，因此我们亟须能眺望的人类智慧。

中国文化的核心要素集于东坡一身。这给当代留下了巨大而纷繁的研究课题。我们应避免见叶不见树,见树不见林。我们应跳出故纸堆。

海德格尔在《什么叫思想?》一文中,引用荷尔德林的诗句:思想最深刻者,热爱生机盎然。

用这句诗来概括东坡,再合适不过了。

东坡的诗

赠刘景文

〔读苏轼〕 〔刘小川〕

荷尽已无擎雨盖①，
菊残犹有傲霜枝。
一年好景君须记，
最是橙黄橘绿时。

注释
① 擎雨盖：指荷叶。

饮湖上初晴后雨（其二）

水光潋滟①晴方好，

山色空濛②雨亦奇。

欲把西湖比西子③，

　淡妆浓抹总相宜。

注释

① 潋滟：波光闪动的样子。
② 空濛：云雾迷茫的样子。
③ 西子：春秋时越国的美女西施。

惠崇① 春江晚景②（其一）

竹外桃花三两枝，

春江水暖鸭先知。

蒌蒿满地芦芽③短，

正是河豚④欲上时。

注释

① 惠崇：北宋名僧，能诗善画。
② 春江晚景：惠崇的两幅画，一幅是鸭戏图，一幅是飞雁图。本诗是为鸭戏图而题写。
③ 芦芽：芦苇的嫩芽。
④ 河豚：一种肥而味美的鱼，内脏有毒。

题西林壁

横看成岭侧成峰,

远近高低各不同。

不识庐山真面目,

只缘①身在此山中。

注释

① 缘:因为。

六月二十七日望湖楼醉书五绝
（选二首）

刘小川 读苏轼

其一

黑云翻墨未遮山，白雨跳珠乱入船。

卷地风来忽吹散，望湖楼下水如天。

其二

放生鱼鳖逐人来，无主荷花到处开。

水枕①能令山俯仰，风船②解与月徘徊。

注释

① 水枕：枕席于船中，如同铺江在水面上。
② 风船：随风飘荡的船。

壬寅重九,不预会①,独游普门寺僧阁,有怀子由

花开酒美盍②言归?来看南山冷翠微。

忆弟泪如云不散,望乡心与雁南飞。

明年纵健人应老,昨日追欢意正违。

不问秋风强吹帽③,秦人不笑楚人讥。

注释

① 不预会:不参与聚会。
② 盍:何故,为何。
③ 不问秋风强吹帽:《晋书·孟嘉传》记载:"(孟嘉)后为征西桓温参军,温甚重之。九月九日,温燕龙山,僚佐毕集。时佐吏并著戎服,有风至,吹嘉帽堕落,嘉不之觉。温使左右勿言,欲观其举止。"

都厅题壁

刘小川 读苏轼

除日当早归,官事乃见留。

执笔对之泣,哀此系中囚①。

小人营糇粮②,堕网不知羞。

我亦恋薄禄,因循③失归休。

不须论贤愚,均是为食谋。

谁能暂纵遣,闵默愧前修④。

注释

① 系中囚:在押囚犯。
② 营糇粮:谋取食物。
③ 因循:拖延、延误。
④ 闵默愧前修:默默伤感,感到有愧前贤。

於潜僧① 绿筠轩

可使食无肉,不可居无竹。

无肉令人瘦,无竹令人俗。

人瘦尚可肥,士俗不可医。

旁人笑此言,似高还似痴。

若对此君仍大嚼,世间那有扬州鹤?

注释

① 於潜僧:名孜,字慧觉,在於潜县寂照寺出家,寺内有绿筠轩。於潜,旧县名,在今浙江临安。

予以事系御史台狱，狱吏稍见侵，自度不能堪，死狱中，不得一别子由，故和二诗授狱卒梁成，以遗子由（其一）①

圣主如天万物春，小臣愚暗自亡身。
百年未满先偿债，十口无归更累人。
是处青山可埋骨，他年夜雨独伤神。
与君世世为兄弟，又结来生未了因。

注释

① 宋神宗元丰二年（1079）八月，苏轼因"乌台诗案"入狱，此诗即在狱中所写。

洗儿戏作

人皆养子望聪明，我被聪明误一生。
惟愿孩儿愚且鲁①，无灾无难到公卿②。

注释

① 鲁：笨拙，迟钝。
② 公卿：原指三公九卿，后来泛指朝廷大官。

去岁九月二十七日，在黄州，生子遁，小名干儿，颀然颖异。至今年七月二十八日，病亡于金陵，作二诗哭之

其一

吾年四十九，羁旅失幼子。

幼子真吾儿，眉角生已似。

未期观所好，蹁跹逐书史。

摇头却梨栗，似识非分耻。

吾老常鲜欢，赖此一笑喜。

忽然遭夺去，恶业我累尔。

衣薪那免俗，变灭须臾耳。

归来怀抱空，老泪如泻水。

其二

我泪犹可拭，日远当日忘。

母哭不可闻，欲与汝俱亡。

故衣尚悬架，涨乳已流床。

感此欲忘生，一卧终日僵。

中年忝闻道，梦幻讲已详。

储药如丘山，临病更求方。

仍将恩爱刃，割此衰老肠。

知迷欲自反，一恸送余伤。

泛颍

我性喜临水，得颍意甚奇。

到官十日来，九日河之湄①。

吏民笑相语，使君②老而痴。

使君实不痴，流水有令姿③。

绕郡十余里，不驶④亦不迟⑤。

上流直而清，下流曲而漪。

画船俯明镜，笑问汝为谁。

忽然生鳞甲⑥，乱我须与眉。

散为百东坡，顷刻复在兹。

此岂水薄相⑦，与我相娱嬉。

声色与臭味⑧，颠倒眩小儿。

等是⑨儿戏物，水中少磷缁⑩。

赵陈两欧阳⑪，同参⑫天人师。

观妙各有得，共赋泛颍诗。

注释

① 湄：水边。
② 使君：作者自称。
③ 令姿：美好的姿态。
④ 驶：急快。
⑤ 迟：缓慢。
⑥ 鳞甲：比喻水的波纹。
⑦ 薄相：戏弄、玩耍、开玩笑。
⑧ 臭味：气味。
⑨ 等是：同于。
⑩ 磷缁：典出《论语·阳货》："不曰坚乎？磨而不磷。不曰白乎？涅而不缁。"磷，磨损。缁，黑色。这里指被环境所伤害和污染。
⑪ 赵陈两欧阳：赵，指赵令畤。陈，指陈师道。两欧阳，指欧阳修之子欧阳发、欧阳棐。苏轼与他们一同泛舟颍水。
⑫ 参：参悟。

食荔枝(其二)

罗浮山①下四时春,卢橘杨梅次第新。
日啖②荔枝三百颗,不辞长作岭南人。

注释
① 罗浮山:在广东省东江北岸,横跨博罗、龙门、增城三地,长百余公里。
② 啖:吃。

东坡的词

浣溪沙

游蕲水①清泉寺，寺临兰溪，溪水西流。

山下兰芽短浸溪②，松间沙路净无泥。萧萧③暮雨子规啼。

谁道人生无再少？门前流水尚能西！休将白发唱黄鸡④。

注释

① 蕲水：在今湖北浠水一带。
② 短浸溪：指初生的兰芽浸润在溪水中。
③ 萧萧：这里形容雨声。
④ 休将白发唱黄鸡：不要因老去而悲叹。唱黄鸡，语出白居易"黄鸡催晓丑时鸣"，比喻时光流逝。

江城子·乙卯正月二十日夜记梦

十年①生死两茫茫②,不思量,自难忘。千里孤坟,无处话凄凉。纵使相逢应不识,尘满面,鬓如霜。

夜来幽梦③忽还乡,小轩窗,正梳妆。相顾无言,惟有泪千行。料得年年肠断处,明月夜,短松冈④。

注释

① 十年:苏轼亡妻王弗卒于宋英宗治平二年(1065),到苏轼于熙宁八年(1075)作此词时,已经十年。
② 茫茫:指音信渺茫,印象模糊。
③ 幽梦:隐隐约约的梦。
④ 短松冈:长着小松树的冈垄,指墓地。

江城子·密州出猎

老夫①聊②发少年狂,左牵黄,右擎苍③。锦帽貂裘,千骑④卷平冈。为报倾城随太守⑤,亲射虎,看孙郎⑥。

酒酣胸胆尚开张,鬓微霜⑦,又何妨!持节云中,何日遣冯唐⑧?会挽雕弓⑨如满月,西北望,射天狼⑩。

注释

① 老夫:作者自称。
② 聊:姑且,暂且。
③ 左牵黄,右擎苍:左手牵着黄犬,右臂托着苍鹰。
④ 千骑:形容骑马的随从很多。
⑤ 为报倾城随太守:为我报知全城百姓,随我出猎。
⑥ 孙郎:指孙权。据《三国志》孙权曾经"亲乘马射虎"。
⑦ 鬓微霜:鬓角稍白。

⑧ 持节云中，何日遣冯唐：朝廷什么时候派遣冯唐到云中来赦免魏尚呢？《史记·张释之冯唐列传》载：汉文帝时，云中郡守魏尚抵御匈奴有功，却因为上报战功时多报了六颗首级而获罪削职。冯唐为之向文帝辩白此事，文帝即派冯唐持节去赦免魏尚，复为云中郡守。这里作者以魏尚自许。
⑨ 雕弓：饰以彩绘的弓。
⑩ 天狼：星名。传说天狼星"主侵掠"。这里喻指侵扰北宋西北边境的西夏军队。

望江南·超然台①作

春未老,风细柳斜斜。试上超然台上看,半壕②春水一城花。烟雨暗千家。

寒食③后,酒醒却咨嗟。休对故人思故国④,且将新火⑤试新茶⑥。诗酒趁年华。

注释

① 超然台:位于密州北城。苏轼到密州一年后,对园北旧台"稍葺而新之",并由苏辙将之命名为"超然"。
② 壕:护城河。
③ 寒食:节令名,在清明前一日或二日。
④ 故国:指故乡。
⑤ 新火:寒食节禁火三日再举火称为新火。
⑥ 新茶:寒食节前采制的芽茶。

水调歌头

丙辰中秋,欢饮达旦,大醉,作此篇,兼怀子由。

明月几时有?把酒问青天。不知天上宫阙,今夕是何年。我欲乘风归去①,又恐琼楼玉宇②,高处不胜寒。起舞弄清影,何似③在人间。

转朱阁,低绮户,照无眠④。不应有恨,何事长向别时圆⑤?人有悲欢离合,月有阴晴圆缺,此事古难全。但愿人长久,千里共婵娟⑥。

注释

① 归去:回到天上去。
② 琼楼玉宇:美玉砌成的楼宇,指想象中的月中仙宫。

③ 何似：比得上。
④ 转朱阁，低绮户，照无眠：月儿转过朱红色的楼阁，低低地挂在雕花的窗户上，照着不能入睡的人（指诗人自己）。
⑤ 不应有恨，何事长向别时圆：（月儿）不该有什么怨恨吧，为什么偏偏在人们不能团聚时圆呢？何事，为什么。
⑥ 婵娟：本意指妇女姿态美好的样子，这里指月亮。

念奴娇·赤壁怀古

大江①东去,浪淘尽,千古风流人物。故垒②西边,人道是,三国周郎③赤壁。乱石穿空,惊涛拍岸,卷起千堆雪。江山如画,一时多少豪杰。

遥想公瑾当年,小乔④初嫁了,雄姿英发⑤。羽扇纶巾⑥,谈笑间,樯橹⑦灰飞烟灭。故国神游,多情应笑我,早生华发。人生如梦,一尊⑧还酹⑨江月。

注释

① 大江:指长江。
② 故垒:古时军队营垒的遗迹。
③ 周郎:即周瑜,字公瑾,孙权军中指挥赤壁大战的

将领。24岁即出任孙策的中郎将,军中皆呼之为"周郎"。

④ 小乔:乔公的小女儿,嫁给了周瑜。

⑤ 雄姿英发:姿容雄伟,英气勃发。

⑥ 羽扇纶巾:(手持)羽扇,(头戴)纶巾。这是儒者的装束,形容周瑜有儒将风度。

⑦ 樯橹:这里代指曹操的水军。

⑧ 尊:同"樽",酒杯。

⑨ 酹:将酒洒在地上,以示凭吊。

定风波

三月七日，沙湖①道中遇雨，雨具先去②，同行皆狼狈，余独不觉。已而遂晴，故作此词。

莫听穿林打叶声，何妨吟啸③且徐行。竹杖芒鞋④轻胜马，谁怕？一蓑烟雨任平生。

料峭⑤春风吹酒醒，微冷，山头斜照却相迎。回首向来萧瑟⑥处，归去，也无风雨也无晴。

注释

① 沙湖：在黄州东南三十里处。
② 雨具先去：有人带雨具先走了。
③ 吟啸：高声吟咏。
④ 芒鞋：草鞋。

⑤ 料峭：形容微寒。
⑥ 萧瑟：指风吹雨打树木的声音。

浣溪沙

徐门石潭谢雨，道上作五首。潭在城东二十里，常与泗水增减清浊相应。

照日深红暖见鱼，连溪绿暗晚藏乌①。黄童白叟聚睢盱②。

麋鹿逢人虽未惯，猿猱闻鼓不须呼。归家说与采桑姑。

旋抹红妆看使君，三三五五棘篱门。相挨踏破倩罗裙。

老幼扶携收麦社，乌鸢翔舞赛神村。道逢醉叟卧黄昏。

麻叶层层檾③叶光。谁家煮茧一村香?隔篱娇语络丝娘④。

垂白杖藜抬醉眼,捋青捣䴵⑤软⑥饥肠。问言豆叶几时黄?

簌簌衣巾落枣花,村南村北响缲车⑦。牛衣⑧古柳卖黄瓜。

酒困路长惟欲睡,日高人渴漫⑨思茶。敲门试问野人家。

软草平莎⑩过雨新,轻沙走马路无尘。何时收拾耦耕⑪身?

日暖桑麻光似泼,风来蒿艾气如薰。使君⑫元是此中人。

注释

① 乌：乌鸦。
② 睢盱：喜悦高兴的样子。
③ 枲：即苘，俗称青麻，皮可制麻袋或绳子等。
④ 络丝娘：这里指纺织的女子。
⑤ 捋青捣䴷：摘下新鲜的麦子，炒熟后捣碾成粉。
⑥ 䭇：饱腹。
⑦ 缲车：给蚕茧抽丝的工具。
⑧ 牛衣：粗麻制成的衣服。此处泛指卖瓜者衣着粗劣。
⑨ 谩：随意。
⑩ 莎：莎草，多年生草本植物。
⑪ 耦耕：两人并肩耕作，后来泛指务农。
⑫ 使君：指作者自己。

蝶恋花

　　花褪残红青杏小，燕子飞时，绿水人家绕。枝上柳绵①吹又少，天涯何处无芳草？

　　墙里秋千墙外道，墙外行人，墙里佳人笑。笑渐不闻声渐悄，多情却被无情恼。

注释

① 柳绵：柳絮。

临江仙·夜归临皋

夜饮东坡醒复醉,归来仿佛三更。家童鼻息已雷鸣,敲门都不应,倚杖听江声。

长恨此身非我有①,何时忘却营营②。夜阑风静縠纹③平。小舟从此逝,江海寄余生。

注释

① 此身非我有:典出《庄子·知北游》,舜问丞:"吾身非吾有也,孰有之哉?"丞回答说:"是天地之委形也。"这里是说人在官场身不由己。
② 营营:纷扰的样子。
③ 縠纹:比喻水的波纹。

西江月

顷在黄州，春夜行蕲水中。过酒家，饮酒醉，乘月至一溪桥上，解鞍，曲肱①醉卧少休。及觉已晓，乱山攒拥，流水锵然，疑非尘世也，书此语桥柱上。

照野②弥弥③浅浪，横空隐隐层霄④。障泥⑤未解玉骢骄⑥，我欲醉眠芳草。

可惜⑦一溪风月，莫教踏碎琼瑶⑧。解鞍欹枕绿杨桥⑨，杜宇一声春晓。

注释

① 曲肱：弯曲手臂。
② 照野：（月光）照耀着旷野（里的河水）。

③ 弥弥：水波翻动的样子。
④ 层霄：层云。
⑤ 障泥：用锦或者布制成的马鞯，垫在马鞍下，用来遮挡泥土。
⑥ 骄：活泼，活跃。
⑦ 可惜：可爱。
⑧ 琼瑶：指月光。
⑨ 欹枕：侧卧。

菩萨蛮

买田阳羡^①吾将老,从来不为溪山好。来往一虚舟,聊从造物游。

有书仍懒著,且漫歌归去。筋力不辞诗,要须风雨时。

注释

① 阳羡:今江苏宜兴。

定风波

　　王定国歌儿曰柔奴,姓宇文氏,眉目娟丽,善应对,家世住京师。定国南迁归,余问柔:"广南风土,应是不好?"柔对曰:"此心安处,便是吾乡。"因为缀词云。

　　常羡人间琢玉郎①,天教分付点酥娘②。自作清歌传皓齿,风起,雪飞炎海变清凉。

　　万里归来年愈少,微笑,笑时犹带岭梅香。试问岭南应不好?却道,此心安处是吾乡。

注释

① 琢玉郎:指善于相思的男子。
② 点酥娘:指手艺灵巧的女子。

东坡的文

记承天寺夜游

／刘小川／读苏轼

　　元丰六年十月十二日夜，解衣欲睡，月色入户，欣然起行。念①无与为乐者，遂至承天寺寻张怀民②。怀民亦未寝，相与③步于中庭④。庭下如积水空明⑤，水中藻荇⑥交横，盖⑦竹柏影也。何夜无月？何处无竹柏？但⑧少闲人如吾两人者耳⑨。

注释

① 念：考虑，想到。
② 张怀民：作者的朋友，当时也贬官在黄州。
③ 相与：共同，一起。
④ 中庭：院子里。
⑤ 空明：形容水的澄澈。
⑥ 藻荇：均为水生植物。
⑦ 盖：大概是。

⑧但：只是。
⑨耳：语气词，相当于"罢了"。

赤壁赋 ①

　　壬戌之秋，七月既望②，苏子与客泛舟游于赤壁之下。清风徐来，水波不兴。举酒属③客，诵明月之诗，歌窈窕之章④。少焉⑤，月出于东山之上，徘徊于斗牛⑥之间。白露⑦横江，水光接天。纵一苇之所如⑧，凌万顷之茫然⑨。浩浩乎如冯虚御风⑩，而不知其所止；飘飘乎如遗世独立，羽化而登仙⑪。

　　于是饮酒乐甚，扣舷⑫而歌之。歌曰："桂棹兮兰桨⑬，击空明兮溯流光⑭。渺渺⑮兮予怀，望美人兮天一方。"客有吹洞箫者，倚歌⑯而和之。其声呜呜然，如怨如慕，如泣如诉，余音袅袅，不绝如缕。舞幽壑之潜蛟，泣孤舟之嫠妇⑰。

　　苏子愀然⑱，正襟危坐⑲而问客曰："何为其然也？"客曰："'月明星稀，乌鹊南飞'，此非曹孟德之诗乎？西望夏口，东望武昌，山川相缪[20]，郁乎苍苍，此非孟德之困于周郎者乎？方[21]其破荆州[22]，下江陵[23]，顺流而东也，舳舻[24]千里，旌旗蔽空，酾酒临江，横槊赋诗[25]，固一世之雄也，而今安在哉？况吾与子渔樵于江渚之上，侣鱼虾而友麋鹿，驾一叶之扁舟，举匏樽[26]以相属。寄蜉蝣[27]于天地，渺沧海之一粟。哀吾生之须臾，羡长江之无穷。挟飞仙以遨游，抱明月而长终。知不可乎骤得[28]，托遗响[29]于悲风。"

苏子曰："客亦知夫水与月乎？逝者如斯，而未尝往也；盈虚者如彼，而卒莫消长也。盖将自其变者而观之，则天地曾不能以一瞬；自其不变者而观之，则物与我皆无尽也，而又何羡乎！且夫天地之间，物各有主，苟非吾之所有，虽一毫而莫取。惟江上之清风，与山间之明月，耳得之而为声，目遇之而成色，取之无禁，用之不竭，是造物者之无尽藏也，而吾与子之所共适。"

客喜而笑，洗盏更酌。肴核㉚既尽，杯盘狼籍㉛。相与枕藉乎舟中，不知东方之既白㉜。

注释

① 赤壁赋：1082年秋、冬，苏轼先后两次游览了黄州附近的赤壁，写下两篇赋。本文是第一篇，又称"前赤壁赋"。赤壁之战的地点有多种说法，一般认为在今湖北武昌的赤矶山，或湖北赤壁。苏轼所游的是黄州的赤鼻矶，并非赤壁大战处。
② 既望：指农历十六日。
③ 属：指劝人饮酒。
④ 诵明月之诗，歌窈窕之章：朗诵明月之诗，指《诗经·陈风·月出》。这首诗的第一章，有"舒窈纠兮"一语（古时"窈纠"与"窈窕"音相近），所以称为"窈窕之章"。
⑤ 少焉：一会儿。
⑥ 斗牛：南斗和牵牛，二十八星宿中的两个星宿名。
⑦ 白露：指白茫茫的水气。
⑧ 纵一苇之所如：任凭小船漂去。
⑨ 凌万顷之茫然：越过那茫茫的江面。
⑩ 冯虚御风：凌空驾风而行。
⑪ 遗世独立，羽化而登仙：脱离人世，升入仙境。
⑫ 扣舷：敲着船边，指打着节拍。

⑬ 桂棹兮兰桨：桂树、木兰做的船桨。
⑭ 击空明兮溯流光：（桨）划破月光下的清波，（船）在月光浮动的水面上逆流而上。空明，指月光下的清波。溯，逆流而上。流光，江面浮动的月光。
⑮ 渺渺：辽阔幽远。
⑯ 倚歌：依照歌曲的声调和节拍。
⑰ 舞幽壑之潜蛟，泣孤舟之嫠妇：箫声使深谷中的蛟龙听了起舞，使独坐孤舟的寡妇听了落泪。
⑱ 愀然：容色改变的样子。
⑲ 危坐：端坐。
⑳ 相缪：连续不断。
㉑ 方：当。
㉒ 破荆州：建安十三年（208），曹操南击荆州，当时荆州刺史刘表已死，刘表的儿子刘琮投降曹操。
㉓ 下江陵：刘琮投降曹操以后，曹操又在当阳的长坂击败刘备，进兵江陵。
㉔ 舳舻：船头和船尾的并称，泛指首尾相接的船只。
㉕ 酾酒临江，横槊赋诗：面对大江斟酒，横执长矛吟诗。
㉖ 匏樽：用葫芦做成的酒器。
㉗ 蜉蝣：一种小飞虫，夏秋之交生在水边，生存期很短，古人说它朝生暮死。这里用来比喻人生短促。
㉘ 骤得：屡次得到。
㉙ 遗响：余音，指箫声。
㉚ 肴核：菜肴和果品。
㉛ 狼籍：凌乱。也写作"狼藉"。
㉜ 既白：已经显出白色（指天明了）。

后赤壁赋 ①

　　是岁十月之望，步自雪堂②，将归于临皋③。二客从予，过黄泥之坂④。霜露既降，木叶尽脱，人影在地，仰见明月，顾而乐之，行歌相答⑤。

　　已而⑥叹曰："有客无酒，有酒无肴，月白风清，如此良夜何！"客曰："今者薄暮，举网得鱼，巨口细鳞，状如松江之鲈。顾安所得酒乎⑦？"归而谋诸妇⑧。妇曰："我有斗酒，藏之久矣，以待子不时之须。"

　　于是携酒与鱼，复游于赤壁之下。江流有声，断岸千尺；山高月小，水落石出。曾日月之几何，而江山不可复识矣。予乃摄衣而上，履巉岩⑨，披蒙茸⑩，踞虎豹，登虬龙⑪，攀栖鹘⑫之危巢，俯冯夷之幽宫⑬。盖二客不能从焉。划然⑭长啸，草木震动，山鸣谷应，风起水涌。予亦悄然⑮而悲，肃然⑯而恐，凛乎⑰其不可久留也。反而登舟，放乎中流⑱，听其所止而休焉。时夜将半，四顾寂寥。适有孤鹤，横江东来。翅如车轮，玄裳缟衣⑲，戛然⑳长鸣，掠㉑予舟而西也。

　　须臾客去，予亦就睡。梦一道士，羽衣蹁跹，过临皋之下，揖予而言曰："赤壁之游乐乎？"问其姓名，俯而不答。"呜呼噫嘻！我知之矣。畴昔之夜㉒，飞鸣而过我者，非子也邪？"道士顾笑，予亦惊寤㉓。开户视之，不见其处。

注释

① 后赤壁赋：此文为元丰五年（1082）所作，写苏轼十月十五日游览赤鼻矶的所思所想。
② 雪堂：东坡雪堂。
③ 临皋：临皋亭，在黄州城南，濒临长江。苏轼到黄州时，最早住在定惠院，后于元丰三年五月迁居临皋。
④ 黄泥之坂：从雪堂至临皋亭的必经之路。
⑤ 行歌相答：边走边唱，相互应答。

⑥ 已而：一会儿。
⑦ 顾安所得酒乎：但是从哪里能得到酒呢？顾，表示转折，意为"但是""不过"。安所，哪里。
⑧ 谋诸妇：向妻子商量此事。诸，之于。
⑨ 履巉岩：踏着险峻的山岩。
⑩ 披蒙茸：拨开杂乱的丛草。
⑪ 踞虎豹，登虬龙：蹲在虎豹形状的石头上，攀着虬龙形状的树木。
⑫ 鹘：一种猛禽。
⑬ 俯冯夷之幽宫：俯视冯夷幽深的水府。这句是说向下俯视长江。冯夷，水神名，即河伯。
⑭ 划然：长啸声。
⑮ 悄然：忧愁的样子。
⑯ 肃然：害怕的样子。
⑰ 凛乎：不可侵犯的样子。
⑱ 中流：江心。
⑲ 玄裳缟衣：黑裙白衣。
⑳ 戛然：鸟鸣声。
㉑ 掠：擦过。
㉒ 畴昔之夜：指昨夜。
㉓ 寤：睡醒。